Ricardo Pacheco Colín

El CÁRTEL de la COMANDANTE BRENDA

SELECTOR ®
actualidad editorial

Doctor Erazo 120, Col. Doctores, C.P. 06720, México, D.F.
Tel. (01 55) 51 34 05 70 • Fax (01 55) 51 34 05 91
Lada sin costo: 01 800 821 72 80

Título: EL CÁRTEL DE LA COMANDANTE BRENDA
Autor: Ricardo Pacheco Colín
Colección: Novela

Diseño de portada: Socorro Ramírez Gutiérrez
Ilustración de portada: Shutterstock

D.R. © Selector, S.A. de C.V., 2013
    Doctor Erazo 120, Col. Doctores,
    Del. Cuauhtémoc,
    C.P. 06720, México, D.F.

ISBN: 978-607-453-165-7

Primera edición: noviembre 2013

Sistema de clasificación Melvil Dewey

860M
P15
2013

Pacheco Colín, Ricardo
El cártel de la comandante Brenda \ Ricardo Pacheco Colín.
Ciudad de México, México: Selector, 2013

192 pp.

ISBN: 978-607-453-165-7

1. Literaturas hispanoamericanas. 2. Literatura mexicana.
3. Novela.

Ojalá que se pueda reconducir este conflicto que además es muy peculiar porque Colombia, que era la sede principal del narcotráfico, quedó bastante lejos, y México es vecino de Estados Unidos, que es el gran mercado. ¿Y usted sabe de un solo señor que venda droga en Estados Unidos? No, una vez que la droga cruza la frontera, el problema se esfuma, ya no existe.

Carlos Fuentes, entrevista en Milenio, 22 enero de 2012

Política es saber cuándo apretar el gatillo.

Mario Puzo, El Padrino

A Margarita y Alana

Índice

Coto de caza

Como cada luna nueva ese viernes de noviembre el Jefe Hart salió en busca de sangre tierna. Anteriormente practicaba su cacería en sitios de Guatemala como El Naranjo, Tecún Umán, San Marcos, Malacatán, pero el acoso de la policía hizo que el coto de caza ahora cambiara a la frontera del lado mexicano. Por eso el Suchiate fue llenando sus aguas de cadáveres esbeltos de largos cabellos negros, casi niñas, que flotaban cerca de las garzas, los loros cabeza azul y uno que otro tapir soñoliento.

Angie Drake, la amante en turno, sólo sabía que don Roberto se iba de tragos y de putas. La mujer no preguntaba más. La experiencia le había enseñado a ser precavida para no provocar esos estallidos de furia en el hombre que la dejaban en estado de shock, si no es que con cicatrices en el cuerpo.

En el fondo, esas escapadas de Roberto a ella le daban igual, en este punto de su relación ya todo "le valía madres" como oía que decían los mexicanos cuando se saturaban por algo. Recordaba que en una escapada como ésta había conocido a don Roberto. Esto ocurrió un fin de semana que el Jefe la encontró trabajando en un *table dance* de Tegucigalpa llamado El Abanico. A ella le gustó el mexicano a pesar de que no era su tipo. Prefería hombres más fuertes, más altos y más guapos. Sin embargo, su aire paternal, la necesidad de respaldo económico y la riqueza que Roberto exhibió, terminaron por convencerla. Por eso se fue a vivir con él.

—Seguramente va a buscar bailarinas, eso le encanta a este viejo verraco —hablaba Angie Drake para sí misma en voz baja, mientras observaba desde su ventana al grupo de hombres que acompañarían a don Roberto y que estaban eufóricos, como adolescentes en su primera noche de putas. Casi se podía oler a la distancia la adrenalina revuelta con el semen que pugnaba por brotar.

Rentaron un avión pequeño que los dejó en Talismán, del lado de México. Después tomaron dos camionetas todoterreno con los vidrios polarizados. Les cambiaron las placas. Tres guardias subieron con don Roberto en un vehículo y otros dos fueron como escoltas, en el otro auto. Llevaban armas largas y pistolas, por si acaso... De las proximidades del aeropuerto se enfilaron por la Central Oriente rumbo al centro de Tapachula. Cualquiera hubiera pensado que eran un grupo de trasnochadores habituales que buscaban aventuras en los antros de esta ciudad fronteriza mexicana, pero no. No se detuvieron en los *table dance* ni en las cantinas y menos en prostíbulos como La Botana, El Rodeo o La Bandolera, sino que fueron directamente a las calles llenas de tiendas, de negocios, donde había muchas empleadas —"empleadillas", decía Roberto— que en viernes social esperaban divertirse un poco. En esta ciudad de frontera abundaban las guatemaltecas, hondureñas, chinas, rusas...

En el camino fueron bebiendo y esnifando cocaína para mantener bien el ánimo y acrecentar el vigor que más tarde necesitarían y que en el caso de el Jefe parecía que nunca se acababa. Estos viajes que religiosamente hacían cada mes, remitían a Roberto —no sabía bien a bien por qué— a sus recuerdos de adolescencia en la colonia Portales de la ciudad de México.

Siempre era la misma escena, una escena de sexo culposo con Gertrudis, su sirvienta, cuando él tenía once años de edad. Todo era de prisa, en el cuarto de trebejos o en el baño de la casa para que no lo viera su familia. El otro recuerdo era con Imelda, a los catorce, también doméstica. Las dos eran mujeres muy parecidas: tipo mexicano de unos veinte años a lo sumo, ambas de pelo negrísimo, largo, brillante, grueso; cabellera abundante sin despuntar, partida en dos sobre sus cabezas formando una raya tajante, inobjetable, como producto de un machetazo.

Ambas tenían un busto generoso, duro, de rosetones negrísimos sobre una piel más clara que el resto del cuerpo. Roberto sobre todo recordaba sus aromas, el olor particular de ellas era algo que lo trastornaba hasta el delirio: con las demás mujeres no le pasaba lo mismo, pero con ellas la química funcionaba de manera desbocada. El aliento de la boca careada de Imelda, sus encías repletas de sangre seca; el olor de los pies de Gertrudis, los sobacos sin desodorante, el sudor espeso de todo su cuerpo y ese penetrante miasma del sexo, de abundante vello negro, luminoso, ensortijado, que se extendía en un amplio triángulo en la pelvis como si se tratara de una mariposa nocturna.

El Loco, el Mandón, el ahora llamado *76 lágrimas* sólo se calentaba con ellas. Con las demás sirvientas que trabajaron en su casa nunca le pasó lo mismo. Era la química funcionando enloquecidamente, las hormonas que chocaban endemoniadas, lo que provocaba erecciones y emisiones fabulosas del miembro viril del joven Roberto Hart Ibáñez. Para quien el sólo roce de las manos de estas hembras, sus miradas, sus voces, le abrían paraísos incomprensibles para otros mortales; paraísos tan llenos de pozas profundas, edenes de misterio asentados en sus oscuras zonas mentales. Roberto era un espíritu que se alimentaba de excrecencias.

Con Gertrudis todo había comenzado como un juego la vez que él blofeaba con sus amigos acerca de que su sirvienta le obedecía en todo. Y este "todo" lo lanzaba en un tono inconfundiblemente sexual. Ese día le ordenó a su sirvienta que lo masturbara enfrente de sus amigos. Se lo dijo a ella en la azotea de la casa, en un cuarto lleno de trebejos, ya anocheciendo. Le costó mucho trabajo pronunciar la orden, la saliva se le volvió espesa, se le atragantaron las palabras, la lengua fue torpe, entre otras cosas, porque esperaba una respuesta violenta. Para su sorpresa, sin alterarse, Gertrudis contestó tranquilamente a la proposición que le hacía un chamaco de once años, al que le había limpiado la cola no hacía mucho tiempo, y que ahora se le venía a plantar enfrente como si ya se tratara de un hombre. La mujer lo encaró:

—Sí te lo hago, pero, ¿cuánto me vas a pagar? Porque de a gratis nada.

Roberto no supo qué contestar, únicamente metió las manos en sus bolsillos y lo que sacó fueron cinco pesos:

—Esto es lo que traigo —le enseñó la moneda mientras su cara se llenaba de rubor.

La mujer agarró el dinero ante la risa morbosa de sus amigos que creían que no pasaría nada porque la señora se iba a arrepentir. Roberto recordaba que ese día entre ellos había estado un tal Juan Crisóstomo Zurita Nazareno, el único que lo había defendido de las burlas de sus amigos y quien, por cierto, en unos días llegaría a trabajar con él a su rancho del Petén.

—Está bueno, pero me debes cinco pesos más...

Luego se acercó a él; entonces se puso pálido como un pambazo.

—A ver, sácate la reata.

Roberto se puso a temblar, pero ella le abrió el pantalón y sacó el instrumento ante las risitas nerviosas de los chamacos. Se lo empezó a sobar con paciencia, descorrió la piel retráctil del prepucio dejando al descubierto la cabeza morada como de ajo. Roberto no resistió mucho, sobre todo cuando ella aceleró el movimiento. De inmediato terminó, dejando en el piso una figura hecha de materia viscosa. Solamente había durado un minuto, pero a Beto le parecieron como treinta. Gertrudis se limpió la mano pegajosa con papel de un cuaderno y luego se fue a su casa como si nada. A partir de ese día, los trabajos manuales —como les decían sus amigos— continuaron cada semana y ya no era sólo Roberto al que le daban "servicio", sino también a sus amigos. Así pasaron las semanas, los meses. Sin embargo, un día Gertrudis desapareció de su vida tal como se van las mucamas, sin avisar.

El recuerdo con Imelda era parecido, pero más intenso. Ella no le cobraba, lo hacía por puro gusto. Pero no con las manos, le encantaba usar su boca, cosa que hacía en el mismo cuarto de la azotea lleno de trebejos. Y en ella también era el olor, el aliento a maíz *apizcaguado* lo que a Roberto le encantaba; también el perfume barato que se ponía y el chicle que ella siempre estaba mascando.

Don Roberto, *el Loco, el Rasputín, el 76 lágrimas,* regresó de su recuerdo. De repente vio como a veinte metros sobre la banqueta de una calle sombría y llena de basura, una figura interesante que venía hacia ellos: era una mujer joven, falda corta de mezclilla, blusita negra pegada y sin mangas, tetona, pelo negrísimo lacio, rostro tipo indígena. Roberto hizo la seña conveniente con los dedos al descolgar la mano izquierda por su ventanilla. El auto escolta se adelantó enseguida para quedar atrás de ella, mientras que los guardias que iban con Beto pegaron el auto a la acera y abrieron la portezuela. Los del otro auto caminaron atrás de la muchacha. Iba sumida en sus pensamientos, sonando sus tacones rojos en una banqueta mal iluminada, olorosa a orina de borrachos. La camioneta se acercó con la puerta abierta, mientras los guardias que ahora iban a pie se le emparejaron. De repente, muy rápido, un golpe en la cara y un empujón hacia adentro de la camioneta marcaron su destino.

La mujer despertó con la ropa desgarrada, las manos amarradas, la boca cubierta, a bordo de una camioneta a las afueras de Tapachula. La rodeaban varios hombres que esperaban la orden para atacar, mientras Roberto —la mano puesta en el sexo de ella— la encaraba con su mirada penetrante de serpiente coral. Le propinó varias cachetadas para despertarla, luego le dijo:

—Escoge: quieres conmigo nada más o dejo que se te vengan todos ellos encima.

La mujer empezó a llorar y a manifestar que no con la cabeza. Otro golpe en la cara, otro, y otro más, la hicieron reflexionar, y la obligaron a aceptar. Entonces Roberto entró en acción. Los demás hombres se salieron a esperar que el Jefe terminara de saciarse de esa carne que tanto apetecía. Afuera solamente se oían gritos apagados, llantos, golpes y las maldiciones de Roberto. Luego de varios minutos bajó jadeante y les dijo a sus muchachos que ahora seguían ellos.

Después de la "cacería" —la primera en suelo mexicano— se tomaron unos tragos en el Danubio Azul y se retiraron con el cuerpo de la mujer a bordo del auto escolta. Fueron a tirar el cadáver en el río de la Concepción que atraviesa la ciudad de Tapachula, pero en un lugar despoblado cerca de la frontera. Durmieron un par de horas. Repitieron la cacería en otro punto de la ciudad. Después se fueron a emborrachar al Rodeo y de ahí a Talismán para abordar su avioneta.

El Profeta

El Capitán Juan Crisóstomo Zurita Nazareno prefería los viajes en avioneta porque la carretera lo mareaba. Esta vez hubiese sido más inteligente o al menos sensato volar sobre todo tratándose de territorios tan embrollados como extensos. Sin embargo, por cuestiones de seguridad, la Organización le ordenó que se fuera por tierra. Y fue allí por esos caminos de Dios y del Diablo que lo alcanzó el destino en la forma de una mujer. Lo que se le apareció al Capitán en esos parajes no fue la Xtabay, la Tatuana, la Marota, la Patasola, la Siguanaba, la Llorona ni la Descarnada, sino una ex guerrillera que era *dañera* como todas esas apariciones juntas.

Desde un principio el viaje no pintó bien, había malos augurios para el militar tan dado a hacerle caso a los latidos de su corazón. Esa noche supo que algo malo pasaría: no fue sólo el perro negro que se le atravesó al salir del hotel, sino que minutos después de haber dejado San Cristóbal aplastó con la camioneta una gigantesca víbora emplumada con trompa de puerco y ojos de niño que se le atravesó en la carretera. Estos presagios continuaron cuando le presentaron a Tomasito Aranda Xoconostle, más conocido como el Profeta, y a sus ocho esposas en el templo donde oficiaba este ladino chiapaneco. Aquella vez poco faltó para que el Capitán lo tumbara de un balazo entre los ojos. De hecho, el único arrepentimiento que le quedó a Zurita Nazareno de este viaje fue no haberlo matado esa misma mañana. Así se hubieran acabado sus penas, pero por hacerle caso a don Roberto Hart Ibáñez la vida se le complicó hasta el suplicio.

Porque era bien sabido entre los amigos más cercanos que a Juan Crisóstomo le acometía una debilidad extrema, enfermiza quizá, por las mujeres bravas, cosa que se le agravó en cuanto conoció a la Comandante Brenda. Le atraían esa clase de hembras como la miel a las moscas, tal vez porque le recordaban a su madre, doña Gertrudis Nazareno, que en paz descanse, quien a base de gritos, insultos, palos y manotazos, le fue moldeando el carácter para hacerlo una persona decente. Todo iba bien con su rústica educación familiar hasta que el Naza —como también le decían al Capitán Zurita Nazareno— se echó a la perdición al conocer a Roberto Hart, el demonio de la colonia Portales de la ciudad de México.

Eran los primeros días de diciembre de 1992. Esa vez el Capitán debía encontrarse con su antiguo jefe a quien se le había ocurrido irse a vivir a una comunidad del Petén guatemalteco, muy cercana a la frontera con México. El chisme que se había regado entre sus amistades era que en la selva Beto Hart, el *Loco*, había comenzado una larga y penosa jornada de esclarecimiento acerca de su vida.

"Puros cuentos", exclamaron quienes lo habían padecido por años. Su viaje fue para amarrar unos negocios formidables de millones de dólares. "Carretadas de billetes", al menos eso es lo que se comentó en el primer círculo de ex colaboradores que habían trabajado con él en la Secretaría de Gobernación de México, cuando el Jefe se desempeñaba como funcionario en el área de Inteligencia a las órdenes de don Fernando Gutiérrez Barrios.

Roberto o "don Roberto", como le gusta que le llamen, por el momento quería estar alejado de la vida política para poder regresar con más fuerza y, sobre todo, con mucho más dinero, ahora que el licenciado Salinas de Gortari iba a dejar la Presidencia de la República. Por eso le ordenó a Juan Crisóstomo Zurita Nazareno que viajara con carácter de urgente al estado de Chiapas, dado que estaba juntando a sus mejores amigos, porque —siempre lo ha dicho así— para estos trasiegos peligrosos "le gusta trabajar con gente conocida". Había hecho viajar a Zurita Nazareno desde el norte de la República con la promesa de pagarle millones de dólares.

Al fin y al cabo Roberto Hart conocía al que seguro iba a ser el candidato a la Presidencia de la República. Decía que era su amigo del alma con el que compartía el gusto por la ópera, los buenos tragos y el aroma a pantaleta... Porque en realidad su retiro a la selva del Petén no tenía nada de espiritual. Al contrario, iba a aprovechar sus contactos en la política de aquí de México y de allá, de Guatemala, para hacer negocios formidables en ambos países; sobre todo como los que él sabe manejar tan bien: cocaína, heroína y mariguana.

Ese día, la camioneta que el Naza rentó en San Cristóbal avanzaba con dificultad a causa del maldito camino que va para la selva. Además, no estaba de buen humor, debido a los mareos que le acometían de vez en cuando. Más allá de Ocosingo se topó con una carretera llena de hoyos que más bien parecían cráteres de la Luna unidos con asfalto. Y para acabarla de amolar se sentía un calor sofocante que hacía que el cuerpo se derritiera en vida como mantequilla puesta al sol. Y eso que apenas eran las siete de la mañana, según vio en su Rolex Daytona, uno de los relojes favoritos de su colección.

Para su perra suerte todavía le faltaba avanzar por carretera hasta Tenosique, luego a Acatlipa y Amatitlán, para después aventurarse al menos dos horas a pie, pero ya en territorio guatemalteco, y así llegar a Los Aluxes, rancho propiedad de don Roberto Hart Ibáñez.

De repente, al salir de una curva, como a cien metros de distancia, vio un letrero que decía Restaurante Tomasito. Se le hizo de plano muy raro encontrar una fonda, comedor, tragadero o lo que fuera, en medio de este camino. Pero ni modo, como decía su madre Gertrudis Nazareno: "Así es el destino y cuando te toca, te toca, aunque te quites".

ॐ

Tiempo después, a la sombra de los zapotales o los mandarinos del rancho de don Roberto, el Capitán Zurita Nazareno platicaba con pasión a su Grupo de Fuego su primera aventura chiapaneca, en especial el encontronazo que tuvo con el Profeta, del cual por fortuna salió vivo. Mientras los futuros combatientes descansaban de su entrenamiento, siguió contando sus aventuras. Éste era el grupo de reclutas que debía adiestrar en las artes militares para que estuvieran listos lo más pronto posible y limpiar el terreno de enemigos de la Organización. Les llamaban *sicarios* y eso le gustó al Capitán Zurita Nazareno, quien recordó:

"Cuando vi el letrero que anunciaba el restaurante no lo pensé ni dos veces, decidí detenerme, saboreándome de antemano unas seis cervezas bien heladas, que es mi cuota digamos que normal en cada libación. Entonces me detuve *de a madrazo*. Dejé la camioneta *aparcada* a la sombra de un laurel. Y por pura precaución saqué el arma que traía tapada con un periódico en el asiento del copiloto; mi consentida, la Beretta Storm .450

ACP especial. Era mi amor, por eso la llamaba *La Cariñosa*, aguantadora como pocas. También cargaba una ametralladora Beretta modelo 12, a la que le puse por nombre *La Quemada* —porque se me ahumó en un incendio—, pero ahora estaba guardada en la cajuela. Ésta era un primor, con su mira telescópica, cadencia inmejorable de tiro, y livianita, livianita. Antes de salir de San Cristóbal, las había revisado con calma: las desarmé completas para cepillarlas, las dejé bien aceitaditas, el cargador completo, la mira calibrada. A la Beretta hasta limpié la mugre que se le mete en el *moleteado* de la cacha.

"Después de estacionarme quité el periódico y levanté el arma con un movimiento rápido, mecánico, pero al sujetármela al cinto por la espalda sentí el calor del metal. Nada más arquee la cintura, me temblaron mis gorditos y las pompas respingaron.

"Yo creo que eso fue lo que me puso de malas. Aunque, a decir verdad, los ataques de furia me estaban dando cada vez más seguido. No sé si esto pasaba a causa de la edad (pero no creo, sólo tengo cuarenta y ocho años), por el calor excesivo o la falta de mujeres. Carajo. En cuanto a las damas no es sólo el cachondeo... Eso lo tengo cuando se me da la gana con quien se me da la gana, por las buenas o por las malas. No, lo que me faltaba era una vieja de planta a la que yo le interesara de veras".

Pero no era un problema menor. La rabia que se cargaba el Naza sí tendía a ser un asunto grave para la Organización porque el Capitán ya había matado a varios individuos por nada. Al igual que don Roberto —en franca imitación suya—, en su hombro llevaba la cuenta de los difuntos: tenía tatuada la imagen de la Santa Muerte y debajo de ella iba poniendo lagrimita tras lagrimita, todas negras, 19 en el derecho, pero con espacio para otras tantas en el izquierdo. Dicen que don Roberto tenía 76 lágrimas dibujadas debajo de la Santa Muerte, por eso le apodaban *el 76 lágrimas*.

El Naza siguió platicando con sus reclutas luego de beberse de dos tragos largos una cerveza Don Quijote bien helada:

"Beto Hart es mi amigo, pero por las dudas obedecí la orden que me dio de ir a jurar ante la Santa Muerte. Por eso, antes de venir a Chiapas primero pasé a Tepito, en el Distrito Federal. Ahí, postrado a sus divinos pies le hice la promesa a la Santita de que no me volvería a encanijar a lo bruto. Reconocí mis faltas, pero también le pedí un milagro. Le dije: 'Madrecita, está bien que en México haya abundancia de pendejos, no te pido que los mates, que de eso me encargo yo, nomás cuida que no se pasen de la raya y rompan el *pendejómetro*'".

Masoquista

Pensando en todas estas cosas que le inquietaban, el Capitán Zurita Nazareno siguió contando su historia. Recordó que después de dejar estacionada la camioneta se puso la gorra beisbolera, bajó su camisa de lino para cubrir la Beretta y se encaminó al Restaurante Tomasito que lucía a lo lejos su techo de zinc, luminoso y austero, entre el verdor de los pinos y el humo penetrante del ocote que se estaba quemando en los fogones. Un olor rico que el Capitán no respiraba desde los años de su infancia allá en Sonora:

"Ya iba frunciendo el seño con mi cara de caca. Esperaba un ambiente de muladar, pero en cambio me llegó el olor a pino revuelto con aromas de manteca, cebolla, ajo, perejil, carne de cerdo, carne de pollo, orégano, tomillo, tortillas de maíz recién hechas... En un segundo mi cuerpo reconoció la comida casera de doña Gertrudis, mi madre. Se me hizo agua la boca y me sacudieron grueso los recuerdos.

"De inmediato me di cuenta que todo estaba cubierto por una capa de polvo, se veía que no se paraban en ese chiquero ni las alimañas. Entonces, si no había venta de comida, el negocio era para disimular algún otro trasiego. Tal vez éstos eran los competidores de don Roberto. Pero de momento eso no me inquietaba... Mi mente estaba fija en las cervezas. Por lo demás, el salón tenía unos amplios ventanales que daban hacia el bosque: al fondo se veía un horizonte de montañas en cuya parte superior lucían unos 'sombreros' de nubes intensamente blancas.

"Sin embargo, algo me sobresaltó. Empecé a escuchar un susurro. Puse más atención. No eran murmullos. Más bien, rezos. Había gente rezando en el patio de atrás de la casa. También me llegó el olor del copal. Pero no fue todo, poco después comenzaron los gritos, sobre todo de mujeres jóvenes. Parecía como que estaban torturando a alguien. ¡Ah, jijo!

"Me asomé por una ventana mientras tocaba con la punta de los dedos de mi mano derecha la tela de la camisa que daba justo encima de *La Cariñosa*. Entonces noté que varias mujeres vestidas de color azul cielo y blanco, como vírgenes, y algunos hombres mayores cubiertos con túnica blanca se comportaban peor que locos: lloraban, con las manos se arrancaban el pelo y la ropa, se azotaban en el piso y ahí se revolcaban como si les dieran ataques. A gritos pedían perdón. Luego vi que un hombre vestido con una túnica blanca muy fina trataba de reconfortarlos.

"La verdad es que yo no tenía vela en este entierro. Y antes que algo pasara y me agarraran los Federales por culpa de los pecados de otros, fui a la mesa a recoger mis lentes oscuros, también la gorra, y me dirigí hacia la puerta para salir, pero en ese justo momento me cerró el paso un bolón de gente que entró como manada. El tipo que vi en el patio vestido con túnica blanca, una túnica que le tapaba hasta las botas de piel de víbora y hebillas de plata, entró al último. Era alto y huesudo. Tenía cara como de santo, pelo largo hasta los hombros, barba de chivo muy crecida que le llegaba al pecho.

"Andaría en unos treinta años de edad, tenía tipo mestizo. Lo seguían hombres, mujeres y niños indios vestidos de blanco, quienes le echaban humo de copal. De inmediato el lugar se llenó de ese olor de la resina. Sin siquiera mirarme dio una bendición al norte, otra al sur, luego al este y por último, al oeste. Después todos salieron por la puerta principal del restaurante. Las mujeres lo siguieron echando copal.

"Fue así como conocí al granuja de Tomasito Aranda Xoconostle, un hipócrita como más tarde me enteraría. Al verlo, por supuesto que no me interesé en acercarme a él ni pensé hacerlo por el resto de mi vida. En medio de esa bola de mugrosos confirmé que soy un completo racista. Ya lo he dicho cientos de veces: no quiero a los negros, a los chinos ni a los indios. Odiaría también a los mexicanos de no haber nacido yo en Sonora".

Cuando salió la multitud, al Naza se le acercaron unas mujeres sorprendidas de verlo ahí. Con cara de susto le preguntaron qué estaba haciendo. Y entonces les contestó con el ánimo ya caldeado:

—Entré porque quiero unas cervezas... No vengo a verlas a ustedes, pendejas.

Luego de secretearse, ellas se metieron a un cuarto. Pero antes que contestaran el Capitán les preguntó con su acento norteño y para acabarla de amolar con el volumen de voz que emplean en el Ejército:

—¿Me van a atender o qué?

De inmediato salió una mujer indígena tras una cortina de tela descolorida y mugrosa que estaba sostenida por un cordón cagado por las moscas; cortina que seguramente ocultaba el paso a la cocina. La mujer agachó la cabeza y explicó bajito:

—Señor, nuestra religión nos prohíbe el alcohol.

Entonces el Naza se encanijó. Puso las manos sobre la mesa, se levantó y con un gritó de rabia puso a temblar a todas:

—¿Y yo qué culpa tengo de que sean de la religión que sea?

—Deje buscar a mi marido el Profeta para que le explique —gritó nerviosa.

La mujer fue a buscar a Tomasito al patio de atrás de la casa, quien ni tardo ni perezoso salió de detrás de la cortina como si fuera el telón de una obra de teatro. Juan Crisóstomo no esperó que le replicara nada y de inmediato lo encaró:

—Oye, ¿que no vendes cerveza? Pues manda a traer unas. Si el que se va a condenar soy yo no tú.

Entonces con una voz como de Jesucristo de película mexicana —así lo recordaba el Naza— le contestó muy gallito y se paró frente a él con más garbo que la María Félix, pero sin dejar de admirar el Rolex de 18 kilates de oro blanco que llevaba el Capitán:

—Hermano viajero, ésta es la casa de Dios, no una cantina.

—Eso sí que está de la chingada, si nada más por las cervezas me detuve en este mugrero.

—Entonces será mejor que te vayas a otro lado porque aquí no hay.

El tipo comenzó a tutearme y eso fue lo que más me encanijó.

—Y te advierto que en toda esta zona donde viven mis discípulos no vas a encontrar una sola cerveza.

Juan Crisóstomo estaba luchando por controlarse. Recordaba lo que le había dicho Roberto Hart acerca de no enojarse y la misión que llevaba era muy importante como para echarla a perder por un naco como éste. Por lo que después de unos segundos exclamó:

—Está bueno, tráeme una soda negra.

A los quince minutos le trajeron una Coca Cola. El Naza ya no se aguantaba. Una mujer —otra más— la puso sobre la mesa y se fue corriendo. Cuántas mujeres. El Naza estaba alucinado... Cuando probó la bebida, antes de que la señora desapareciera tras la cortina famosa, la detuvo con un grito que le restalló hasta el coño:

—¡Está tibia la porquería! —escupió.

El Naza aventó la botella hacia un lado de modo que el líquido y la espuma pintaron la pared. El Capitán estaba perdiendo el control. Quiso salir y mandarlos a la goma, pero antes de que se levantara descorrió la cortina una mujer como de un metro setenta de estatura, de piel blanca, pelo castaño y rasgos que no tenían nada que ver con los indígenas de la zona.

Juan Crisóstomo Zurita Nazareno se quedó lelo. La mujer era muy guapa. Tenía personalidad, que es lo que a él más le gustaba en las mujeres. Notó que le habló con un acento centroamericano.

—¿Qué diablos pasa aquí, por qué tanto escándalo? —preguntó a gritos la recién llegada, haciendo aspavientos con las manos.

—¿Tú no eres mexicana, verdad? —Nazareno se le quedó viendo.

Entonces la mujer le contestó altanera:

—Soy de Nicaragua, no tienes por qué gritar. Éste es un templo. Mi esposo Tomasito me ha enseñado a respetar a los clientes, pero también los clientes tienen que respetar.

Al oír su nombre, el ladino asomó la nariz muy decidido a enfrentar al Naza. Pero en cuanto éste lo vio, al Capitán le dio un ataque de rabia y gritó:

—A ti nadie te llamó, mejor cállate o te pego un tiro.

El Naza perdió el control: sacó la pistola y dispuesto a disparar apuntó a Tomasito, el Profeta. El ladino se puso blanco, blanco. Pero no lo hubiera hecho, porque la nicaragüense se le fue encima con un movimiento de artes marciales: tomó con su mano derecha la muñeca del Capitán, al tiempo que con su brazo izquierdo hacía palanca en la axila y lo empujaba violentamente hacia el piso mientras le zafaba el arma con una maniobra muy rápida. Para rematar le puso un puñetazo en la mandíbula.

Juan Crisóstomo escupía la sangre mientras ella lo mantenía inmovilizado en el piso al tiempo que las otras mujeres lo tundían a garrotazos en la espalda hasta que lo dejaron noqueado. También sucedió que al pegar la Beretta contra el piso de cemento se le escapó un tiro que no mató a nadie, pero que hizo un estruendo bárbaro. El suficiente para que toda la bola de gente se precipitara al restaurante con palos, machetes, pistolas y rifles. Entre los gritos se oía: "Maten al hereje", "Anticristo".

Chanchera

Días más tarde de esta aventura, el Capitán Zurita Nazareno se encontraba terminando el entrenamiento en el manejo del fusil Kalashnikov con su grupo. Repitió las indicaciones como veinte veces "porque a la hora de la verdad a la gente se le olvida". A sus futuros sicarios les había explicado a gritos y mentadas de madre: "Aprendan a agarrar el arma con fuerza, pero apoyada en el cuerpo con flexibilidad. Si *rafaguean* no tiren en línea recta, sino hacia abajo en una diagonal —hizo la seña con la mano abierta— para que los tiros salgan en una línea horizontal, parejita, porque la fuerza de los disparos avienta el arma hacia arriba. Por eso fallan en hacer blanco. Y atención estúpidos: cuando hablo de disparar exijo puntería. La puntería deben practicarla un millón de veces. De eso depende su vida".

Cansado de tratar con "cabezas de piedra", Nazareno dio la orden de romper filas y descansar. Todos se dispersaron. Su grupo estaba compuesto por centroamericanos y mexicanos, matones en su mayoría, pero faltos de entrenamiento y disciplina. Eran sanguinarios, cualquiera de ellos podía descuartizar a machetazos a quien se le pusiera enfrente, hombres, mujeres o niños, pero poco sabían de combate. En un choque con una unidad de élite del Ejército de México o de Guatemala iban a quedar liquidados. El Naza ansiaba encontrar un soldado *kaibil* guatemalteco, alguien de fuerzas especiales salvadoreño o de la Guardia Nacional nicaragüense del derrocado Anastasio Somoza. Su grupo de cazadores se componía del Pochitoque, la Iguana, el Chapeado, el Maestrito, el Roto, y Toño Pelotas. Todos descansaron tumbados a la sombra de unos zapotales, mientras tomaban mezcal oaxaqueño mezclado con jugo de mandarina bien frío, una delicia digna de los dioses del Olimpo, decía el Naza. Por supuesto que el alcohol encendió la conversación.

El Capitán se enjugó el sudor con un paliacate colorado que traía en el cuello. Bebió dos o tres vasos. Bufó varias veces. De un tiempo acá se le notaba ya muy cansado, tenía la respiración agitada, estaba tembloroso de las manos, pero siempre con esa furia en la mirada que, la verdad, imponía respeto. Por esto último el grupo no entendía bien a bien lo que había sucedido en el templo del Profeta. ¿Cómo es que unos mugrosos indios lograron dominar a Zurita Nazareno? No era posible... Y menos una vieja nicaragüense. Por lo que llenos de curiosidad siguieron escuchando la historia del Naza:

"Una vez que la centroamericana me controló, ató muy bien mis manos por la espalda. Se ve que tenía experiencia en capturas. Las mujeres (después supe que ocho eran esposas de Tomasito) me arrastraron hasta el chiquero (ella le llamaba chanchera). Cuando desperté estaba yo atarantado y sentía dolores fuertes en los muslos de las piernas, la espalda y el cráneo.

"Al rato, la centroamericana se paró enfrente de mí con la pistola Beretta al cinto. Noté que como a veinte metros estaba toda la bola de zarrapastrosos nomás viéndome. Solamente esperaban a que les dieran la orden para destazarme como un marrano. Fijé mi mirada en ella. Desde el suelo la pude ver, era más alta que yo. Estaba bonita la desgraciada: la piel blanca, el pelo castaño, ensortijado, que se le alborotaba en una melena muy coqueta como de leoncito. Además tenía cara de gato, era de buen cuerpo y no se veía corriente como el resto de los naquitos de por ahí. Pero lo que más me gustó fue su carácter: era cabrona; tenía agallas y sabía pelear. Yo necesitaba una vieja así para que me cuidara la espalda y de paso me consolara en las noches. Me gustó tanto que me apacigüé. No cabía duda, estaba mal. Yo, siendo dominado por una vieja.

—¿Y quién diablos eres tú, hijueputa? —me interrogó.

—Soy un tipo pacífico que va de paso a Guatemala al rancho de un amigo.

—¿Pacífico?, dices, pues no se nota. ¿Acostumbras a sacar la pistola porque no te dan una cerveza?

—No —tuve que poner mi cara de estúpido— reconozco que estuvo mal. Pero tú también ya bájale... Ahí muere, no quiero pelear y menos contigo.

—Pues te iba a ir peor... Agradece que yo te quité de encima a la gente. Que si no... te linchan.

—Sí, nada más sentí los garrotazos... ¿Y tú qué haces por acá? —le pregunté mientras recargaba mi cabeza en un tronco—. No tienes tipo de mexicana aunque hablas casi como nosotros. Ya hasta se te olvidó el "vos".

—Soy de Nicaragua y qué.

—¿Pero qué haces tan lejos de tu tierra, mamacita?

—Estoy de paso, voy a la ciudad de México y luego me iré a Estados Unidos. Confórmate con eso, no te voy a decir más.

—Te haces la interesante, ¿no?

—Bueno ya basta de pláticas. Ahora lo que quiero es que te largues por donde llegaste. Pero la pistola Beretta se queda conmigo, y si regresas te voy a meter un tiro por el culo.

La frase la dijo con tantas ganas, y con esos ojos bonitos que echaban lumbre, que me dejó lelo:

—Date la vuelta. Te voy a desatar, compa. Luego te subes al auto sin volver la cara. ¿Entendiste?

—Sí, entendido. Pero déjame admirarte una vez más —bajé el volumen de la voz para que las demás viejas no oyeran porque de seguro nos estaban espiando—. Estás bien bonita... Si tú quisieras yo te ayudaría a salir de aquí e incluso llevarte a Estados Unidos.

Cuando dije eso sentí que se empezó a ablandar, por eso le hablé más suavecito y con cariño para que aflojara.

—*Parquea* tu carro mexicanito que estoy casada... Nos debe estar viendo mi marido, el Profeta.

En el cambio de tono de su voz noté que le interesó mi propuesta de llevarla a la Unión Americana.

—Por fin, ¿quién es la esposa del tipo ése?

—Todas... ¿Entendiste? Todas somos sus esposas.

—¿De ese pinche naco?

—Cálmate y lárgate.

Enseguida cortó las amarras con un cuchillo militar y yo me dispuse a caminar hacia mi carro. Levanté los brazos y puse las manos en la nuca para darle más dramatismo a mi rendición. Pero antes, así de espaldas, me agaché a amarrarme las agujetas para que no me vieran que hablaba con ella ni me oyeran, me sinceré y, con la voz más melosa que pude, le hablé. En ese momento un montón de cuervos se agitó en el árbol donde había dejado la camioneta y algunos se cagaron sobre ella. Por eso supe que me había caído una maldición. Definitivamente era mala señal, pero yo seguí terqueando con la mujer.

—Oye, amiga, no tengo pareja y si tú quisieras podrías ser mi reina. No tengo tiempo de romances ni me gustan, por eso soy directo, además nací en el norte y no me ando con hipocresías como los chilangos. Sólo te pido que te vengas conmigo. Yo te llevo a Estados Unidos, tengo contactos para pasarte del otro lado sin broncas. Quién quita y hasta congeniamos.

—¿Será cierta tanta belleza, cabrón? —me preguntó con voz amenazante, pero en el fondo condescendiente, mientras me empujaba con la punta de la pistola rumbo a la camioneta—. No te puedo creer, te ves bastante embustero.

—Cómo crees que te iba a mentir, tesoro.

—"¿Cómo crees?" —se burló de mí.

Entonces se me acercó por la espalda y me picó fuerte con el cañón de la pistola:

—Pues si lo que dices es verdad, sería interesante averiguarlo...

Esto último me alentó. Seguí caminando mientras ella iba detrás de mí pastoreándome.

—No desperdicies la oportunidad —le pedí sin volver la cara para verla y no delatar nada—. Te juro que te estoy diciendo la verdad.

—Quisiera que así fuera, mira que si me mientes...

Habló como aceptando, al menos eso yo interpreté, ya ven que la calentura a los hombres nos hace ver moros con tranchete.

—Regresaré. Voy a buscar a un amigo para un negocio que tenemos en Guatemala y en ocho días pasaré por ti. Espérame aquí en la carretera a esta hora.

—No prometo nada. Sólo te digo que lo pensaré. La verdad es que ya me quiero ir de este lugar.

Me fui caminando despacito sintiendo la mirada de ella clavada en mi espalda. Sin ganas de irme arranqué la camioneta, pero antes de perderme en el camino por el espejo retrovisor llené mis ojos de su imagen. ¡Qué mujer!

San Francisco del Petén

Aquella mañana después de la "cacería" en Tapachula y de la borrachera que se pusieron en el bar El Rodeo, don Roberto regresaba con sus guardaespaldas a su rancho Los Aluxes. Habían dejado la avioneta en el rancho de un amigo y recuperado sus vehículos blindados. Por precaución cambiaron de ruta aunque el trayecto fuera más largo. Al subir por la falda de una montaña, allá abajo fue descubriéndose entre dos cadenas de montañas cubiertas de vegetación un pueblito de casas antiguas, con techos de teja, paredes pintadas de blanco, geranios por todas partes, laureles, almendros, calles empedradas y en el centro un parquecito con su quiosco de piedra y hierro que a esa hora era tocado por los primeros rayos del sol. Allá abajo, apenas tapado por un grueso tapete de nubes, estaba el caserío que semejaba una obra hecha por artesanos de juguetes.

—¿Ya vieron? —gritó entusiasmado don Roberto—. Voy a comprar ese pueblucho.

—Es San Francisco del Petén. Si quiere, vamos a darnos la vuelta, Jefe —dijo muy lisonjero uno de sus ayudantes.

—Sirve que allá nos curamos la cruda —propuso otro haciendo gestos.

Don Roberto se quedó pensando unos minutos y ya cuando todos esperaban la respuesta de que debían ir al rancho, el Jefe exclamó:

—Hecho, vamos pero no a verlo, sino a tomarlo.

En cuanto los guardias supieron que iban a echar bala se soltó la gritería, de eso estaban pidiendo su limosna.

Parecía una locura, pero don Roberto nunca daba un paso en falso. Estaba en plan de divertirse, es cierto, pero también pasó por su cabeza la idea de "marcar" territorio con el gobierno de Guatemala para que sus funcionarios fueran midiendo de lo que era capaz este Capo Mandón que habitaba por esos territorios.

Entraron a toda velocidad por la calle principal de San Francisco del Petén, llamada Independencia. Después de pasar un bosquecillo de higueras, los guaruras de don Roberto abrieron las portezuelas de los vehículos todoterreno, se pararon en los estribos con los AK 47 listos y comenzaron a disparar al aire. En total viajaban nueve hombres: tres en el vehículo de don Roberto y tres más en la camioneta de apoyo, más los choferes y el Jefe. El Mandón permanecía sentado con la sonrisa congelada en el rostro. Estaba disfrutando cada momento mientras veía que el "pueblucho" era en realidad una ciudad pequeña más bonita de lo que había imaginado. Iba feliz, dando gritos de apache, como cuando de chavo atacaba la casa de su padre en plan de venganza porque éste había abandonado a su madre.

Con los autos en movimiento seguían soltando tiros al aire. Los perros, los caballos y las señoras salían corriendo despavoridos. A esa hora casi no había hombres porque la mayoría andaba en el campo trabajando. La iglesia del Divino Verbo cerró sus puertas precipitadamente. En una de las esquinas el grupo de don Roberto se topó de frente con un par de policías del lugar, quienes llevaban unos fusiles de la Segunda Guerra Mundial. Éstos corrieron como si vieran el demonio, al tiempo que dejaban tiradas las armas en el piso empedrado. El estruendo de los balazos era terrible, lo mismo las maldiciones que lanzaban los atacantes.

La gente gritaba: "Ahí vienen los rebeldes". Echaban a correr y se encerraban en sus casas. Cuando oyeron las descargas, las maestras de la escuela ordenaron a sus alumnos que se tiraran al piso. Los niños se tapaban la cabeza con sus cuadernos y libros, mientras lloraban sin que la maestra pudiera hacer algo, pues ella también estaba llorando de miedo.

Don Roberto ordenó ir a la comandancia de la policía. Ahí encontró escondidos a los hombres que habían visto minutos antes. A los tres los encerraron en las celdas. Aventaron las llaves al drenaje y salieron muy orondos rumbo al parquecito, no sin haber soltado una granada de fragmentación que hizo un ruido espantoso al estallar.

Luego se fueron a sentar a las bancas de hierro del parque que estaban pintadas de blanco. Quedaron ahí despatarrados y sudorosos sin soltar el fusil AK 47 por si acaso lo necesitaban. Los diamantes incrustados en las cachas de la Glock de don Roberto brillaban con el sol. Bebieron. De vez en cuando gritaban "¡bola de nacos!" y vaciaban al aire la carga de sus fusiles. El piso del parque, sus prados y cementeras se fueron llenando de casquillos y de botellas vacías. Y cuando se acabó la bebida que traían comenzaron a saquear las tiendas. Cartones de cerveza y *six pack* circularon toda esa mañana de los comercios cercanos al parque. Para divertirse molestaban a la gente que tenía que pasar por ahí cerca, sobre todo a las muchachas bonitas a las que les decían de todo antes de meterles mano. Por el lenguaje y los gritos, desde el principio de la incursión los habitantes de San Francisco del Petén supieron que quienes habían "tomado" el pueblo eran mexicanos.

Cuando se confirmó esto, la noticia corrió como reguero de pólvora:

—Los mexicanos están invadiendo Guatemala —gritaban desaforados en los teléfonos y en los balcones.

Entonces las llamadas a la capital de Guatemala, al Ejército, policía, televisión y radio, no se hicieron esperar. Los noticiarios daban cuenta de que un grupo de chiapanecos había tomado la ciudad de San Francisco del Petén. La cadena CNN y Prensa Libre Televisión hablaban de por lo menos ocho heridos, cuatro muertos y de decenas de invasores.

Don Roberto se ponía eufórico cada que oía estas noticias en la radio de su camioneta. Pronto se acabó el licor y la diversión también. Don Roberto calculó que era el momento de irse, pero antes ordenó a sus guardaespaldas que fueran a cobrar impuestos a los comerciantes del pueblo. Y allá fueron sus hombres armados a pedir cooperación "voluntaria".

Mucho antes que llegara la policía y el Ejército, don Roberto ya había salido de San Francisco del Petén y reposaba la cruda en su rancho Los Aluxes, mientras reía de haber sido el dueño de San Francisco del Petén aunque fuera por unas cuantas horas.

Rancho Los Aluxes

Los sicarios del Capitán Zurita Nazareno habían estado toda la mañana practicando el desarmado y armado de los fusiles de asalto y de las pistolas. Hacían un ruido ensordecedor. Afortunadamente no había gente ajena al rancho en kilómetros a la redonda. Ahora les esperaba la "clase" de fabricación de explosivos. Lo que les había entusiasmado mucho. Iban a empezar por lo más elemental hasta llegar a los explosivos R1, TNT, C1 y el manejo del C4. Todo iba a ser paso a paso porque "como son tan estúpidos no sea que se vayan a matar", les gritaba el Naza en su cara.

Primero fue la famosa molotov que no tenía mucho chiste, luego la de niple. Pero la que despertó simpatías fue la de clorato de potasio, que estalla al contacto de un ácido que se pone en un recipiente. "La clave —gritó— es el ácido sulfúrico que se le echa a la botella". El Capitán empezó a buscar como loco el ácido, sin encontrarlo. Finalmente se cansó, dijo varias mentadas de madre, y ordenó romper filas. "Así no se puede, me piden hacer milagros. Mañana le seguimos". En realidad el Capitán Zurita estaba ya muy cansado.

Más tarde todos se reunieron en su lugar favorito, a la sombra de los zapotes y los mandarinos. Por supuesto que estaban bien abastecidos de cervezas León Negra. Para esto, un ordenanza llamado Miguelillo cambiaba los cartones vacíos por otros llenos del líquido espumoso y frío. En eso, el Naza se soltó a hablar para él mismo sin dirigirse a los demás. Estaba viviendo, despierto, un sueño muy intenso y daba la impresión que los seres que poblaban sus pesadillas se hubiesen salido de su mente y anduvieran por ahí paseando entre los árboles frutales. Los futuros sicarios pensaron que se había metido un chocho, y no le dieron mayor importancia al asunto.

El Capitán volvió a la realidad y recordó intensamente los momentos posteriores a su salida del templo de Tomasito, el Profeta, ocurrida unos días antes. Entonces retomó su historia chiapaneca:

—Hasta hoy ninguna vieja me había pegado... Yo, el Capitán Juan Crisóstomo Zurita Nazareno, oficial de Operaciones Especiales, ex Brigada Blanca, mejor conocido como el Naza, doblegado por una piojosa centroamericana.

"Lo que debí haber hecho fue sacar la metralleta Beretta que traía en el vehículo y acabar con todos esos nacos. Pero no lo hice... Total que manejé como una hora más por terracería hasta que ya no pudo entrar la camioneta. Tuve que avanzar con la mochila a la espalda. Caminé por barrancas con ríos en el fondo, sus riveras estaban llenas de plantas extraordinarias que yo no había visto: calabazas enormes del tamaño de un hombre a las que no podía abarcar con los brazos, mazorcas gigantes, animales como pequeños dinosaurios, aves de todos colores. Pasé por desfiladeros imponentes de paredes altísimas, en cuyos huecos anidaban los pericos. De vez en vez cuando el cansancio me doblegaba y entonces acudía a mi mente el recuerdo de lo que había pasado en el Restaurante Tomasito y me reía solo como un estúpido. Pero luego lo que dominaba era la imagen de la nicaragüense.

"Recuerdo que iba hablando solo cuando llegué a un terreno plano. No me di cuenta que estaba en medio de un campo lleno de árboles de cacao. El aire estaba perfumado por el olor de la fruta. Respiré hondo. Tomé un fruto maduro, lo abrí con la sola ayuda de los dedos. Adentro, en la pulpa, estaban las semillas del cacao. Probé la carne vegetal, estaba muy dulce, cremosa. No me di por satisfecho. Así que agarré más. Iba tirando por ahí los pedazos y escupía las semillas por todos lados.

"En el lugar no había un alma, salvo los pájaros que armaban su escándalo porque me veían pasar. Sin embargo, poco después escuché unas como risitas, luego unos chiflidos. Primero pensé que eran pericos y que los chiflidos eran de una víbora que sabe silbar. Pero luego me fijé bien, sobre todo porque con el rabillo del ojo alcancé a ver algo que se movió entre las matas. Era algo más grande. Saqué la ametralladora Beretta. Y apresuré el paso por si se trataba de soldados o de paramilitares.

"Afortunadamente, al pasar una loma vi a lo lejos la entrada a la propiedad de don Roberto Hart. Tenía un letrero que decía Rancho Los Aluxes. El sendero estaba vigilado por un grupo de hombres armados con fusiles AK 47 y unas pistolas Smith & Wesson. Las portaban unos tipos gordos, fornidos, que llevaban sombrero texano, vestían guayaberas, paliacate rojo al cuello y calzaban botas vaqueras. Marcaron el alto. Me identifiqué como amigo del Jefe. Luego que lo comprobaron se portaron muy zalameros conmigo y me subieron a una camioneta para ir a la casa principal, distante como un kilómetro.

"La casa era de un sola planta, de veinte metros de frente por veinte de fondo, estaba separada del suelo cosa de un metro sobre una plataforma de hierro y concreto. Las habitaciones las rodeaba un pasillo exterior con piso de madera, techado, de unos tres metros de ancho. En estos corredores los adornos eran unas cabezas descarnadas de cebú, un animal muy bello, y unos muñecos que son usados en brujería. El pasillo contaba con sillas, bancas y mesitas para tomar el aire fresco, jugar a las cartas o mirar el paisaje que, para mí, la verdad, es bastante mugre. Porque la primera vez que miras la vegetación de la selva te apantalla, se te hace impresionante y quieres verla más. Pero después de ocho días ya te harta. La casa estaba pintada de color verde claro, por cierto ya desgastado por los años. Lo que me dio a entender que el negocio no andaba muy bien.

"En la entrada de la casa me recibió don Roberto. En público habíamos quedado que le dijera 'Don'. Estaba igualito que cuando trabajé con él en Gobernación, sólo que más calvo. Hablaba con su mismo modito pausado, mirándolo a uno con sus ojillos de serpiente coralillo, de una astucia que da miedo. Tenía tipo de político decente.

"Pero ésa era solamente la apariencia. Debajo de aquella imagen se escondía un volcán a punto de hacer erupción. Varias veces me tocaron sus ataques de rabia. Afortunadamente sobreviví. Cuando le ocurrían rompía todo lo que estaba a su alcance: teléfonos, computadoras, radios, discos, adornos, cuadros, libros, tazas, puertas, cristales, y hacía esto sin dejar de gritar maldiciones. Por eso todos echaban a correr al oír las palabras malditas que anunciaban el fin del mundo: '¡Ya me tienen hasta la madre!' Porque seguro que habría herido o muertito. Si yo llevaba veintiséis difuntitos marcados en mi brazo, él ya tenía como el doble. Un día me dijo: 'Todo el chiste es comenzar, después ya ni se siente, te da lo mismo diez que veinte o que treinta'. Y enseguida hiló una frase que yo he conservado en mi memoria desde entonces: 'Todo el arte de la política consiste en saber cuándo jalar del gatillo'. Y él era gatillo fácil.

"Roberto siempre fue un mandón. Fue el jefe de una pandilla de la colonia Portales de la ciudad de México donde nació a fines de los años cuarenta. Cuando lo conocí le gustaba vestir como cantante de rock, traía copete alto, pantalón entallado de mezclilla, calcetines blancos y mocasines bien boleados. Era lo que se llama un padrotito. Tiene una mente diabólica. Es bueno para los negocios, para la política, para las viejas, y para el trafique. Pero a fin de cuentas en México la política es la base de todo. Si eres buen político te cae el dinero, las drogas y las viejas. Ni los títulos universitarios ni las herencias te sirven tanto como una buena mafia: sindicato, partido político, grupo, comité... lo que quieras, pero mafia.

—¡Juan Crisóstomo Zurita Nazareno! —Roberto gritó esa vez a todo pulmón desde la puerta de la casa.

Atrás de él se asomó una gringa descolorida, flaca, de cabellos mugrosos. Después supe que era texana y que la acababa de levantar en una de sus correrías por Honduras. La mujer no usaba ropa interior. Lo noté porque a esa hora con la luz del sol se le transparentaba hasta la cesárea...

—Dichosos los ojos, mi querido Naza. Sabía que no me iba a morir sin verte la jeta de nuevo.

—Quihúbolas, Roberto, aquí estoy para que no te olvides de mí. Se me hizo tarde porque pasé al Distrito Federal como ordenaste.

Entonces nos dimos un gran abrazo. Esto me permitió darme cuenta de que Roberto ya no era el mismo hombre fuerte de antes. Los años no pasan en balde. Si hasta las piedras se gastan...

Entonces se me quedó viendo: venía yo con la ropa llena de tierra y con moretones en los ojos y las mejillas, el labio roto...

—¿Pero qué te pasó, hermano? ¿Ya te viste la cara?

—Deja la cara... los guamazos que traigo en la espalda y en la cabeza.

—Pero lo bueno es que se lastimaron las manos, ¿no? —gritó el mula de Roberto.

Entonces le platiqué brevemente lo que pasó.

Después nos metimos a la casa, una casa sin lujos. Tenía, eso sí, electricidad y comunicaciones, televisión, radio, teléfono, computadora.

—Está bien el lugar, Beto, sólo te falta el avión.

—No, no falta, Naza... cómo crees. Aquí eso es básico.

De inmediato corrió una cortina del fondo de la sala principal y apareció en el horizonte una pista de aterrizaje de tierra apisonada y a un lado un hangar, pequeño, modesto, feíto, pero al fin y al cabo hangar, en el que estaban estacionadas dos avionetas jodidas.

—Ah, jijo, ahora sí me sorprendiste —dije exagerando para que no se fuera a enfadar.

—A tus órdenes Juan Crisóstomo Zurita Nazareno, ya sabes que nada es lujo, todo es para que funcione el negocio. Pero antes que sigas parloteando déjame hablarle a un doctor para que te vea.

Media hora después apareció un médico. Roberto siempre tenía uno a la mano. Me revisó con cuidado, me inyectó unos medicamentos, me dio una pomada buenísima hecha de mariguana que froté en las partes lastimadas. Después de un baño regresé a platicar con mi amigo y con su nueva compañera, Angie Drake. Por cierto, aunque vivía con ella, el Jefe nunca dormía acompañado sin importar que las viejas se empeñaran en estar con él toda la noche. No confiaba ni en su madre. Por eso cada quien se quedaba en su cuarto. Además Beto siempre tenía una pistola bajo la almohada.

En eso busqué con ansias el refrigerador:

—Bueno, regálenme unas cervezas que me estoy muriendo por una desde ayer.

De inmediato la gringa se fue al bar y trajo una cerveza para ella, otra para Roberto y dos para mí. Comimos una rica cecina de venado adobada que preparó la cocinera consentida de Roberto, doña Chuy. Luego, el Jefe me llevó a la pista de aterrizaje mientras su mujer se quedaba en la casa haciendo la siesta.

—¿Y como anda el negocio? —le pregunté.

—Va despegando, Naza, pero con muchos trabajos. Los gringos están presionando mucho al gobierno de Guatemala para que nos detenga. Me están achacando el trafique de droga y la muerte de varias mujeres en la frontera. No tienen pruebas, pero son tercos. Así que dentro de muy poco vamos a tener que irnos.

—¿Tan grave está la cosa?

—Sí. Mira, la verdad es que hace unos días cometimos una tarugada: después de una de mis "cacerías", se me ocurrió tomar un pueblucho llamado San Francisco del Petén.

—Ah, jijo, ¿mataron a alguien importante?

—No. Aventamos algunos tiros al aire, pero la gente se espantó mucho. Más porque empezamos a pedir cooperación "voluntaria" a los comerciantes. Ellos hablaron a la capital y dijeron que los estaban invadiendo. Tú sabes perfectamente cómo odian a los mexicanos. Y el Ejército nos la sentenció.

—Estuvo feo.

—Pero divertido... Los contactos que tengo me dicen que están preparando el operativo. Por fortuna yo tengo un rancho en México cerca de Amatitlán, pegado a la frontera. Allá vamos a aparentar que somos ganaderos. Está mucho mejor que éste, tiene su pista de aterrizaje. Así que llegaste en el momento justo de los fregadazos, que es lo que te gusta, ¿no?

Se hizo un silencio de varios segundos. Roberto me echó su brazo al hombro como los grandes amigos que éramos desde la secundaria. Luego me dio unas palmadas en el pecho para preguntarme:

—Bueno, ¿y tú cómo andas de viejas?, ¿cuándo te vuelves a casar?

—Ya sabes que no soy fácil... Bueno, mejor dicho, lo difícil es este negocio que no te permite tener nada seguro. Un día con una, luego con otra... Es difícil que una mujer te siga el paso.

—Así es, estamos condenados a la soltería eterna —comentó sonriendo—. Pero mejor, ¿no?

Al verlo de buen humor, me entusiasmé y adelanté la confesión:

—Fíjate que acabo de conocer a una vieja muy padre, es lo mejor que he visto en años, desde que me mataron a la Micaela Ramos.

Roberto esperó que yo le contara:

—La acabo de conocer. Ahora que venía para acá la vi en un restaurante de la carretera, cerca de Ocosingo. Me dijo que nació en Nicaragua.

—¿No será agente de la CIA o de la DEA?

—Me parece imposible, Beto, nos encontramos por pura casualidad. Nadie sabía de mi ruta.

Entonces le platiqué a Roberto todo lo que había pasado incluida la madriza que me puso la mujer cuyo nombre ni sabía. Roberto no dejó de reír y de repetirme como cien veces que era yo un pendejo... Lo peor es que tenía razón. Le seguí contando:

—Quedé de pasar por ella en una semana. Quiere cruzar a Estados Unidos.

—Ah, qué Juan Crisóstomo Zurita, usted sufriendo de amor a sus años y de una mujer que no sabe ni cómo se llama... Carajo.

—Así es, Beto. Entre más viejo...

En ese instante, el Jefe se paró en seco y me encaró:

—Oye, pero no te vayas a ir, yo te necesito aquí. No friegues —manoteó—, por eso te mandé llamar. Puede que en unos días esto se vaya a poner muy caliente y a lo mejor hay que tirar bala. Si lo que necesitas es una mujer tenemos varias de las que vamos a pasar a México. Escoge las que quieras. Pásatela bomba picando como enano.

—Pero, quedé de pasar por ella...

—Puedes ir otro día... ¿Dónde dices que está?

—En el restaurante de un tal Tomasito, ella es la cocinera.

—¿Tomasito Aranda? ¿Uno que tiene muchas esposas? ¿Y que dicen que es profeta?

—Ése mero. ¿Lo conoces?

—Sí, claro, es un ladino que se dedica al contrabando. Todo lo que viene de Japón y entra a México por la frontera con Guatemala tiene que ver con él.

—Ya sabía que era un hipócrita... Beto, perdóname de nuevo, pero no me puedo quedar, tengo que pasar por ella.

—No me hagas eso, Juan Crisóstomo —habló enojado— porque eso sí me encabrona.

—Te prometo que en cuanto pase por ella y la lleve a México me regreso y estaré a tu lado como siempre.

—No, aquí las cosas no funcionan así. Pero mejor mira lo que te conviene, porque estoy descubriendo que me estás dando la espalda.

—No digas eso, Beto...

Roberto Hart se puso serio, metió las manos en las bolsas de su pantalón y la boca se le empezó a fruncir. Luego me lanzó la bronca con una voz que ya no era suavecita.

—Acuérdate, cabrón, que cuando nos conocimos, allá en la Portales, hicimos un pacto: dijimos que siempre estaríamos unidos y que nada nos iba a separar. Que la lealtad era la base del negocio. Y que antes que las viejas o la familia, estaba nuestra amistad.

El Jefe se puso serio, con la mirada vidriosa, señal de que estaba a punto de estallar. Pero lo peor de todo fue lo que me dijo enseguida:

—No esperaba una traición de parte tuya y menos por una vieja.

Me lo soltó en tono duro, sin mostrar coraje, pero cuando decía eso, sobre todo cuando empleaba la palabra traición, entonces sí cuidado. Esto se podía poner del carajo para mí. Recapacité en el último segundo:

—No me digas eso, Beto, ya sabes que yo nunca te he fallado ni te fallaré. No me hables de traición, yo que he expuesto la vida por ti no una, sino varias veces... Tú lo sabes, Roberto.

—Pues hasta hoy no me habías fallado... Pero luego hablamos, ándale mejor vete a descansar. Estás diciendo muchas pendejadas.

Me dieron una buena habitación. Pero por más que hice no puede pegar el ojo. La verdad es que no esperaba esta reacción de Roberto. La regué. Creo que yo le estaba jugando al vivo. Me levanté varias veces a fumar. Encendí la televisión, pero me aburrí muy pronto. Me sentía del carajo, como un verdadero traidor. Roberto me tenía acorralado. Lo peor es que él estaba en lo correcto. Ni hablar. Muy tarde, de madrugada, tomé la decisión de no regresar a ver a la mujer y olvidar definitivamente el asunto. Fue muy difícil.

Muy temprano salí a caminar. Apenas estaba en el cielo la primera claridad. Todavía se veían estrellas. A esa hora el aire era fresco y húmedo. Para mi sorpresa, por el camino de entrada al rancho Los Aluxes me encontré con Roberto, quien andaba vestido con un short y una sudadera, venía de correr a campo traviesa, tal como era su costumbre. Nos saludamos y de inmediato noté su frialdad. Tomó distancia. Le dije que quería hablar con él antes del desayuno. Que era algo que no podía esperar.

—Te escucho, Juan Crisóstomo Zurita —se paró enfrente de mí mirándome fijamente a los ojos como esperando que le dijera que me iba.

—Beto, perdóname, quiero decirte que me quedo contigo. Tienes razón, largarme de aquí en este momento sería como traicionarte y eso, tú lo sabes, nunca lo haré. Otro día pasaré por la mujer. Si ella quiere jalar conmigo bien y si no pues ni modo.

Por toda respuesta Beto me dio un gran abrazo, palmeó mi espalda varias veces, y me regaló una de esas sonrisas que exhibía sólo cuando estaba verdaderamente contento. Era un tipazo, la verdad. Pasó su brazo por encima de mi hombro y así nos encaminamos a la casa. Luego ya más tranquilo me preguntó a quemarropa:

—¿Qué es lo que te gusta tanto de esa mujer, Juan Crisóstomo Zurita Nazareno?

—Mira, Roberto, es su forma de ser. Me gusta que sea entrona, muy lista, que sepa lo que quiere. Aparte que está muy buena, pero eso ya es ganancia.

Roberto me palmeó la espalda otra vez.

—Siempre has sido el romántico del grupo. No se te quita, ni se te quitará. Nada más no pierdas la brújula porque te vuelvo al redil de un culatazo. Ya sabes.

Brenda Ituarte

Desayunamos muy bien en medio de bromas y anécdotas. La compañera de Beto, Angie Drake, resultó una mujer muy divertida. Como andaba vestida con un pants color de rosa, ella misma asumió que era la Pantera Rosa; por eso cuando se paraba de la mesa caminaba a ritmo de la música de Henry Mancini: tarán... tarán... tarán... tarán tarararán taraaaaá.

Ese día en la mañana por radio le habían avisado sus amigos en el gobierno de Guatemala que se estaba preparando un operativo en contra suya y de varios finqueros del Petén que eran sospechosos de meter droga a México. Tendríamos a lo mucho tres días para dejar el rancho.

Al final del desayuno, el Jefe me jaló al pórtico de la casa. Desde ahí llamó a un guardia y le dio la orden de que me llevara a inspeccionar los almacenes, porque había llegado armamento nuevo. El muchacho y yo caminamos hacia la parte de atrás de la finca. Se veía mucha actividad, en ese momento estaban cargando de prisa varios camiones Torton con unos paquetes como de cincuenta centímetros de ancho por treinta de largo y treinta de altura. De inmediato me di cuenta de que se trataba de mariguana que estaba bien prensada y forrada con plástico transparente. El forro era color café, como el papel de estraza, y lo sujetaban con cinta roja plástica. A los lejos vi que estos paquetes los metían en unos tambos donde iban echando encima de éstos café en grano.

El guardia —un chamaco como de quince años que portaba un AK 47— me acompañó hasta el almacén, un lugar muy bonito y moderno construido con materiales prefabricados, muy al estilo estadounidense. Ahí en la entrada estaban tres hombres armados. Me saludaron con respeto, pues ya les habían informado que yo era muy amigo del Jefe y que venía al rancho como su mano derecha. Me di cuenta de que algunos se veían golpeados de la cara, lo que me hizo pensar que se habían pelado entre ellos la noche anterior.

Abrieron la puerta. Entré pensando en los fusiles que Roberto tenía, que siempre eran muy buenos. El cambio de la luz intensa de la mañana a la penumbra del interior no me permitió ver un bulto que estaba enfrente de mí. Así que caminé y cuando menos me di cuenta casi choco con el fardo. Instintivamente saqué la pistola. Luego me di cuenta de que se trataba de una mujer que estaba amarrada a un poste. Tenía una capucha negra que le cubría la cabeza y parte de los hombros. En cuanto notó mi presencia, emitió unos sonidos guturales bastante rabiosos. Me le quedé viendo, me iba a seguir de largo pensando que era uno de los "negocios" de Roberto —pues también se dedicaba a la trata—, cuando de sopetón uno de los guardias le quitó la capucha al tiempo que llamaba mi atención con un "¡Jefe!" que casi provoca que cayera de espaldas por la sorpresa.

La amordazada era ni más ni menos que la nicaragüense que yo acababa de conocer un día antes en el Restaurante Tomasito. Ah, jijo de la mañana, qué gusto me dio. De inmediato me abalancé a quitarle la mordaza. Cuando hice esto, de manera automática se soltó un vendaval de palabrotas del peor repertorio nicaragüense que afortunadamente yo no conocía. Así que ni me di por ofendido. Entre toda la verborrea, digna de un sargento de caballería, lo menos que me dijo fue que yo era "un hijuela gran puta" y me lo repitió como cien veces.

Antes de que la soltara, los guardias me llamaron a un lado para explicarme —en medio de los gritos desaforados de ella— que "por órdenes de don Roberto" habían ido en la noche a "levantar" a esta vieja a casa de Tomasito; que pensaban que era muy importante "porque la habían traído en avioneta hasta aquí".

Platicaron que la tratara con cuidado, pues solamente entre cuatro hombres la pudieron controlar no sin antes recibir cada uno de ellos unos buenos madrazos. Comentaron que la mujer llevaba un arma muy buena, una Beretta, misma que le habían entregado a don Roberto. Agregaron que la orden del Jefe fue que yo hiciera con ella lo que me viniera en gana: dejarla libre, irme con ella a México o si me la quería "comer" un rato y después aventarla al río de la Pasión.

En este punto me le quedé viendo a los ojos a la mujer y le pregunté con un grito fuerte:

—¿Ya oíste?

Ella asintió con la cabeza, sin decir palabrotas, pero aún con la mirada vidriosa por el coraje. Yo sabía que con los puros ojos me estaba mentando la madre. Les ordené a los guardias que se retiraran para que nos dejaran solos. Al escuchar estas palabras ella se fue tranquilizando, no sin antes exigir que la desatara. Le dije que sí lo haría, pero que se calmara.

Debo confesar que estaba yo muy contento y por partida doble: por volverla a ver y por el gran detalle de Roberto Hart al haber ordenado a su banda que la trajeran hasta acá. La verdad es que era un gran cuate, un tipazo. Lo demás corría por mi cuenta...

—Pues si te intereso tanto, desátame —propuso ella.

—Sí, pero tienes que prometer que te vas a calmar —le repliqué con firmeza—, si no te bajo de un cachazo. Aquí nadie va a hacerte daño, pero no te pases. Te trajeron porque saben que me interesas. ¿O acaso te han maltratado?

—No, para nada.

—¿Entonces? ¿Hablamos en paz?

—¿Tengo opción?

—No.

—Está bien, ustedes ganan.

La desaté mientras le fui hablando despacio, quedito, casi al oído. Ella movió la melena de un lado a otro, sacudió los brazos y se alisó el pelo con las manos:

—Cuando te quieras largar lo puedes hacer.

—Pensé que eran secuestradores pagados por mi gobierno, quieren tenerme en prisión a toda costa si no es que matarme.

—No. Nosotros somos otra gente...

—¿De qué clase?

—Una que no anda muy bien con la ley.

La mujer se pegó en los muslos con las palmas de las manos haciendo un gesto de fastidio, luego exclamó:

—¡Contrabandistas como Tomasito! Estoy harta de tanta mierda, creo que será mejor que me vaya a México.

La tomé de los brazos y la sacudí con cariño:

—Ya te dije que eres libre, mamacita, puedes irte cuando te dé la gana, pero antes escúchame: yo voy en serio contigo.

Entonces ella me contuvo con las palmas de sus manos puestas en mi pecho. Sentí de inmediato su fuerza y su calor, su mirada se hizo intensa y su voz adquirió un tono tan tierno que de plano me acabó por derrotar.

—Mira, compa, para tu carro un momento. No sé ni cómo te llamas, ni quién eres.

Luego cruzó los brazos y lanzó una mirada despectiva a su alrededor.

—Además, no jodás, como que platicar en un establo no es lo mejor que una mujer esperaría.

—Tienes razón, soy un pendejo —sacudí la cabeza con coraje.

—Hombré, no eres pendejo, lo que digo es que hay lugares más bonitos. Además me siento todavía como secuestrada.

Salí con ella de aquel lugar llevándola del brazo. Mi corazón latía fuerte. Yo no me podía explicar cómo a la hora de los fregadazos no me daba miedo, en cambio al estar junto a ella la lengua se me trababa. Les dije a los guardias que yo me encargaba de la mujer y que le avisaran a Roberto que regresaríamos al rato. Los guardias se miraron como adivinando lo que íbamos a hacer, pero no dijeron una sola palabra.

Ni habíamos dado más de cinco pasos cuando un guardia me detuvo:

—Capitán, espere —me dio una Beretta nueva—, llévese ésta porque por aquí no se puede andar así nomasito.

La vi, revisé que tuviera la carga completa. Luego seguí caminando con la nicaragüense.

—¿Capitán? —preguntó ella—. ¿Eres del Ejército?

—Fui, pero ya no estoy ahí.

—Qué casualidad...

—¿Por qué?

—No, por nada.

Tomamos el camino de entrada al rancho, yo no la soltaba del brazo y ella tampoco se oponía, lo que quería decir que me estaba aceptando.

—Bueno, y a todo esto cómo te llamas —me preguntó con su cara coqueta y con el tonito de voz de las nicas.

—Juan Crisóstomo Zurita Nazareno, ¿y tú?

—Brenda Ituarte... Bueno, te voy a hablar claro antes de que sigamos —se detuvo—. La verdad es que tú representas la oportunidad que yo tengo para irme a Estados Unidos y olvidarme de todo esto. No te estoy usando, por eso quiero ser sincera contigo y poner las cartas sobre la mesa. Si se puede bien, si no, ni modo... Aquí termina todo.

—Ya te lo dije, mamacita, yo te puedo meter a la Unión Americana y hasta conseguirte trabajo allá. Eso no es problema para mí.

—Qué buena noticia, porque...

El Naza cambió la conversación antes de que ella siguiera con su terquedad de ir a Estados Unidos:

—Antes infórmame qué hacías en Nicaragua.

—Pertenecí al Ejército Sandinista de Liberación Nacional. Por eso te comenté la casualidad de que tú también fueras militar.

—¿Estuviste con los comunistas? No la chingues...

—Sí, desde los diez años entré a la guerrilla, y a los catorce ganamos la revolución: en 1979 derrocamos al dictador Anastasio Somoza.

Respondió con orgullo, luego aclaró:

—Pero ya no soy comunista...

Se me quedó viendo a los ojos para medir mi reacción y luego se adelantó meneando su enorme trasero mientras decía:

—Vamos a buscar un arroyo porque me quiero bañar —mencionó esto como dándome órdenes— me siento pringosa.

Los aluxes

"Los aluxes no existen, pero son cabrones", dijo un recluta de la costa chiapaneca que hizo que todos se burlaran de él. El Capitán Zurita había platicado minutos antes el recibimiento que le hicieran unos supuestos duendes cuando llegó al rancho que, por cierto, lleva el nombre de éstos: Los Aluxes. Juan Crisóstomo Zurita Nazareno volvió a tomar la palabra, le encantaba platicar tanto como beber cerveza.

Su grupo se encontraba recostado a la sombra de una gran higuera. La clase de fabricación de bombas caseras resultó un fracaso porque faltaba un ingrediente que el ordenanza Miguelillo no había comprado. Se le olvidó el cloruro, por lo cual recibió un castigo consistente en patadas. Habían juntado botellas de cerveza quitapón. Ya estaban los líquidos puestos, pero faltaba el exterior... Así que pospusieron el adiestramiento otra vez.

El Naza Retomó el tema de su reencuentro amoroso:

Ese día se enojaron los aluxes conmigo y con Brenda. Caminamos por el campo, la tomé de la mano y luego por la cintura, y ella se fue dejando conducir con facilidad. Pasamos entre puros árboles grandes, almendros, higuerones. Algunos de ellos eran verdaderas esculturas. En el lugar abundan plantas como colas de pavo, coralillo, helechos y palmerillas. Caminamos en fila por senderos empinados en los que sólo cabía una persona. Después de un tiempo llegamos al terreno en el que yo había encontrado el plantío de cacao, le ofrecí a ella unos frutos que colgaban de esos troncos tapizados de musgo. Le encantaron.

Sin querer llegamos cerca de un río que bordeaba el cacaotal. Nos quitamos la ropa para nadar. Ella tenía un cuerpazo. Qué bárbara. Nos metimos al agua y ahí en el agua fue la primera vez que la penetré; lentamente, despacito, saboreándolo, como si no quisiera que se acabara nunca esa dicha única de estar dentro de otro cuerpo. Aunque confieso que me costó trabajo que se despertara el "amigo", tal vez porque era la primera vez con ella.

Estábamos en eso cuando empezaron los silbidos, tanto que me descontrolaron. Era obvio que había alguien por ahí mirándonos. Si eran de otra banda seguro que nos iba a ir muy mal. Me acerqué a la orilla, busqué la pistola, pero no encontré nada. Yo estaba segurísimo que la había dejado ahí. Es más, la ropa de Brenda y la mía desaparecieron también. Empecé a gritar maldiciones. La mujer se sumergió en el agua y empezó a nadar apenas sacando la cabeza hacia un lugar seguro en unas rocas. Me hizo una seña para que la siguiera. Parapetados en las piedras aguardamos el momento del ataque, pero lejos de producirse, oímos unas risitas como de niños.

Me encanijé con los pinches escuincles, eran los mismos que me habían estado molestando la vez pasada. Después de un tiempo comenzaron a lanzarnos piedras no muy grandes que no lastimaban, pero que sí producían encabronamiento.

—Ya paren hijueputas —gritó Brenda, señal de que ya empezaba a desesperarse. Era de mecha corta.

Entonces intervine yo:

—Paren. Ya nos vamos de su terreno... Pero entreguen la ropa y nuestras cosas. Porque les va a ir muy mal.

Y en ese momento, automáticamente, paró la lluvia de piedras. Así que le hice la seña para que nos fuéramos.

—¿Y así en pelotas vamos a llegar al rancho? —me reclamó Brenda.

—Pues no hay de otra, cariño...

Caminamos de regreso. Las espinas y las raíces salientes se nos clavaban en los pies y los moscos se dieron un festín con nuestra sangre. Antes de llegar al rancho le dije a Brenda que se quedara entre los árboles para que los guardias no la vieran encuerada. Y yo me adelanté así como vine al mundo. Al verme los vigilantes salieron alarmados:

—Jefe, ¿qué le pasó?

No les contesté, porque estaba yo sumamente encabronado. Entonces les grité:

—A ver, comuníquenme con don Roberto, pero ya.

Rápidamente tomaron los radios y establecieron contacto con Beto. Entonces le platiqué todo:

—Pues sí, necesito que nos facilites ropa, porque unos pinches escuincles nos robaron todo hasta la pistola.

Está por demás decir que una carcajada se oyó del otro lado de la línea. Luego escuché que Roberto le platicaba a Angie Drake lo que había pasado y los dos comenzaron a carcajearse. Yo estaba que me llevaba, pero me aguanté. Cuando se cansaron de reír me dijo Roberto:

—Te voy a mandar unos zapatos y ropa, a ver si te queda la mía y también te mando de Angie para tu nuevo amor.

Al recordarme esto no me quedó más que olvidar el coraje y darle las gracias a quien había sido el gestor de mi dicha:

—Beto, gracias por el "detalle" de esta mañana, eres más que un amigo, eres... mi hermano.

Cuando corté la comunicación vi que los guardias estaban a punto de reír, entonces les grité:

—Al primero que se ría o se burle de mí, juro que le rompo la madre.

Entonces todos recularon y se pusieron serios: "No, Jefe, cómo cree". "Respeto y retírense", gritó a la tropa quien los coordinaba.

Diez minutos más tarde llegó un vehículo con un ayudante que traía una bolsa llena de ropa. La tomé sin decir una palabra y me fui caminando hasta donde estaba Brenda. Entre los matorrales nos empezamos a vestir. A estas alturas ya nos habíamos secado. Las prendas de Roberto me quedaban chicas, pues él es chaparro, pero las de Angie Drake le quedaron requeté bien a Brenda, eran de la misma talla. Y lo que es más, al verla se me bajó el entripado de un sopetón: estaba preciosa, la ropa estadounidense le queda estupendamente bien. Mejor que como se veía con esa blusita folclórica y con los pantalones de mezclilla con que la conocí.

No me cansé de chulearla, tanto que terminó por darme un beso. Pronto pasó el coraje y nos encaminamos a la casa. En la puerta nos recibieron Roberto y Angie Drake. Ninguno de los dos se burló de nosotros. Al contrario, se notaron muy contentos de conocer a mi novia. Pasamos a la sala. Beto nos indicó que si queríamos bañarnos podíamos pasar al cuarto de huéspedes que estaba disponible para nosotros, que ahí encontraríamos más ropa. Pasamos a la recámara, pero aprovechamos la intimidad para terminar lo que habíamos empezado un rato antes en el río. Con qué ganas me le dejé ir. Una hora después la cocinera nos llamó para comer.

Seguramente parecíamos tórtolos recién casados porque Roberto de inmediato comentó:

—Hacen buena pareja. Cuando me comentaste que era una mujer muy guapa no pensé que tanto. Te felicito, Juan Crisóstomo Zurita Nazareno.

—Qué amable, señor —intervino Brenda—, además le estoy muy agradecida porque en unas cuantas horas me ha cambiado la existencia.

—No tienes que agradecerlo —dijo Roberto sin darle importancia.

Angie Drake trajo de inmediato dos botellas de tequila. Se ve que le encantaba el jaleo, por eso se llevaba bien con Beto. Nos sirvió generosas copas del licor y propuso un brindis por nosotros dos. Luego nos sentamos a comer. En el aparato de sonido puso salsitas y sones cubanos. La cocinera empezó a servir, se ve que consentía mucho a Roberto, era como su hijo.

—Ah, miren —el Jefe señaló a la cocinera—, ella sabe muy bien mis gustos y ha estado trabajando en mi casa desde hace treinta años... Y también fue mi nana. ¿No, Chuy?

—Yo creo que más añitos, licenciado, pero muy a gusto de trabajar con usted... Por cierto que reconozco al señor Naza, pero lo recuerdo muy jovencito con sus tirantes y sus zapatotes Canadá. Todos se soltaron a reír. Roberto vació un caballito de tequila y preguntó:

—Yo sigo intrigado por lo que les pasó hace rato en el campo.

—Pues nada, que nos metimos a nadar al río y dejamos la ropa y mi pistola en la orilla sobre unas piedras —conté yo— y cuando regresamos por ellas no había nada.

—Fueron unos niños —dijo Brenda con total seguridad.

—¿Y cómo saben que fueron unos chamacos? —preguntó Angie Drake con el escaso español que manejaba.

—Porque oímos unas risitas —aclaró Brenda.

En ese momento la cocinera Chuy, que se había mantenido cerca, intervino:

—Perdón, ¿unas risitas como de niños traviesos?

—Sí —confirmé yo.

—¿Y de casualidad no escucharon también unos silbidos bastante fuertes?

—Sí, también, pero, ¿cómo lo sabe? —preguntó Brenda.

—Ah, es que no les conté que Chuy también es bruja —intervino Roberto de manera muy brusca.

—Ay, señor, no me diga así —se defendió Chuy.

—Entonces explícales qué fue lo que pasó, según tú —propuso Roberto mirando fijamente a su cocinera.

—Bueno, ustedes se toparon con los aluxes —dijo con seguridad.

—¿Y quiénes son ésos para irles a partir su madre? —me puse histérico.

—¿Dónde están esos cabrones? —gritó Brenda.

Entonces Roberto empezó a manotear sobre la mesa:

—Esperen, esperen un momento, los aluxes no son humanos.

—¿Qué? ¿Son extraterrestres? —gritaron Angie y Brenda como si se hubiesen puesto de acuerdo.

—No. Los aluxes son unos duendes invisibles —aclaró Roberto que se notaba que sí creía en eso—, pero dejemos que Chuy nos explique.

Entonces la cocinera dejó a un lado las cazuelas y comenzó a hablar con total convencimiento del tema:

—Son unos duendes que viven en los sembradíos y en los bosques. Si los hombres los tratan bien ellos cuidan las cosechas y los frutos, pero si los maltratan se enojan y empiezan a hacer travesuras. Ustedes —se dirigió a Brenda y a mí— debieron haberles pedido permiso para atravesar sus tierras y para meterse a su río. Por eso se enojaron y se llevaron la ropa.

Roberto empezó a ponerse serio:

—Bien, pero lo bueno es lo que sigue, lo que hay que hacer para recuperar sus cosas, ¿verdad, Chuy?

—Así es... deben ir ustedes dos —nos señaló la nana— otra vez al río y llevarles a los aluxes unas ofrendas y pedirles perdón en voz alta. Las cosas que a ellos les gustan son los dulces, como a los niños, frutas, golosinas y juguetes para que se entretengan.

En ese momento me paré de la mesa y comencé a dar vueltas por el comedor agarrándome la cabeza y jalándome los cabellos:

—¿Así que ustedes pretenden que yo haga ese ridículo?

Desde su lugar en la mesa, Brenda gritó animada por la media docena de caballitos de tequila que se había tomado:

—¿Pedirle perdón a esos hijueputas? No cuenten conmigo.

—Ni conmigo —grité.

En ese momento la nana agarró su cazuela y se dirigió a la cocina, luego se paró a mitad del camino y sentenció enojada:

—Bueno, entonces los aluxes van a seguir haciéndoles maldades.

La Comandante

Zurita Nazareno siguió contando su aventura chiapaneca a la tropa que estaba formando y que se notaba muy a gusto de oírlo y no hacer nada. El ordenanza Miguelillo, que se había olvidado de comprar el cloruro, fue mandado a Tapachula con carácter de urgente. Iba todo golpeado, con la nariz rota y las manos pisoteadas. Era seguro que llegaría hasta el día siguiente. Así que el Capitán tuvo tiempo para dejar reposar a sus futuros sicarios, mientras les seguía contando su historia de cuando Brenda estuvo a punto de enfrentarse con el Jefe:

Ese día, durante el café —contó el Capitán—, Roberto Hart fue de inmediato al grano para saber quién era Brenda. Noté que la había estado observando con lupa, casi con morbo. Ahí todos nos estábamos estudiando. Aunque noté también que Beto le estaba mirando las tetas a mi mujer.

Roberto alguna vez me había explicado su psicología de la vida. Decía que no era producto de ningún estudio, era simple observación. Ideas que poco más o menos van así:

—Mira, Naza —habló Roberto en aquella ocasión—, a la gente la puedes manejar a tu antojo si encuentras cuáles son los botones que los mueven. En realidad los hombres son muy elementales. Hay siete palancas básicas o Jinetes del Apocalipsis con los que cada uno tiene que lidiar: 1. Dinero, 2. Poder, 3. Placer, 4. Ideología (incluida la religión), 5. Venganza, 6. Orgullo y 7. Miedo. Busca cuál o cuáles de estos factores los dominan y los controlarás.

Roberto Hart Ibáñez tenía que saber con quién trataba y hasta dónde podía confiar. Yo, en el fondo, estuve de acuerdo en que lo hiciera con Brenda, no iba a permitir que mi calentura afectara la Organización. Por eso en la reunión el Jefe irrumpió con una pregunta clave dirigida a mi mujer:

—Me comentó Juan Crisóstomo Zurita que estuviste en el Ejército Sandinista de Nicaragua... ¿Eso es verdad?

Sin titubear, Brenda contestó:

—Sí, pero me expulsaron.

—¿Y cuál fue la causa?

—Por discrepancias que tuve con mi dirección.

—A ver, a ver, cuéntame con detalle cómo estuvo eso, me interesa.

Roberto se acomodó en su sillón, dejó el café a un lado para ponerle mucha atención a lo que dijera Brenda.

—Esperen, primero el coñac —dijo Angie Drake.

La texana empezó a servir el licor de manera muy generosa.

—Ahora levantemos nuestra copa y brindemos por Roberto, el Jefe —salí con un brindis para bajar la tensión y luego me dirigí a mi mujer:

—A mí también me interesa, Brenda —y me dispuse a escuchar.

—Bueno, después de que derribamos a Anastasio Somoza, en 1979, fue una buena época, aunque duró poco. Los problemas se agravaron para mí cuando perdimos las elecciones en 1990. Porque antes de que tomara posesión el partido ganador, el de Violeta Chamorro, mis ex compañeros promulgaron leyes para que los antiguos guerrilleros pudieran apropiarse de los bienes de sus enemigos: empresas, comercios, automóviles, casas, departamentos, ranchos... A esto le llamaron "la Piñata", con la que no estuve de acuerdo.

—¿Piñata? —preguntó Angie.

—Sí, una piñata es una olla llena de cosas; tú la quiebras y luego te avientas a agarrar lo que puedas. Así fue en mi país.

—O sea que fue una especie de legalización del robo —intervino Angie.

—Se puede decir que sí. Ellos le llamaron "expropiación". Igual como pasó con la Revolución Mexicana, cuando los generales se quedaron con ranchos, tierras, casas, dinero, y hasta mujeres de los hacendados.

Don Roberto se enfadó, golpeó con las palmas el sillón en donde estaba.

—Eso no fue así, pero sigue...

Luego Brenda continuó hablando:

—Lo peor es que afectaron a mi familia —en este momento Brenda mostró la indignación que todavía sentía—. Déjenme que les aclare que mi nombre completo es Brenda Ituarte Debayle. El segundo apellido es por parte de mi madre que era pariente del presidente derrocado.

—Ya sabía que tú eras de alcurnia —dije para aflojar la tensión.

—Sí, y solamente por eso estos hijueputa le aplicaron la Ley a mi madre y le quitaron su casa. Ella no le robó a nadie. Yo protesté, emprendí acción legal, pero nada. Como era una casa muy bonita y grande ya le había echado el ojo uno de los Comandantes. Hice declaraciones en contra de "la Piñata" que la prensa de Estados Unidos publicó. Salí hasta en la televisión de allá. Se armó el escándalo.

A Brenda se le notó el coraje en la voz. Tomó un trago grande de coñac y siguió contando su historia:

—Resultó que me expulsaron no sólo del Ejército Sandinista, sino del país. Pero eso también fue porque sabía asuntos secretos de ellos, de sus robos y asesinatos, que los podían perjudicar cuando entrara el nuevo gobierno.

—Te convertiste en un peligro —comentó Angie.

—Sí, es lo que le pasa a los chivatos —comentó el Jefe con coraje.

—Primero quisieron asustarme —Brenda no hizo caso del insulto— y luego de plano el objetivo fue matarme. Me acusaron de ser agente de la CIA. Y como conservaron el control del Ejército... Toda esta injusticia se cometió conmigo a pesar de haber peleado contra la dictadura de Somoza desde que yo tenía doce años. Desde esa época fueron meses y meses de vivir en la montaña como un animal salvaje, a veces sin tener qué comer.

—Te desencantaste de los revolucionarios —intervino el Jefe con enfado—. Así suele suceder.

—En ese tiempo, en plena adolescencia, no supe de fiestas, paseos, viajes, vestidos, estudios. Todo era estar en la montaña y luchar. Primero contra el dictador Somoza y luego combatir a los contrarrevolucionarios. También me mandaron a Alemania comunista y luego al Medio Oriente a entrenar con los palestinos. Recuerdo que cuando no estábamos peleando me estaban adoctrinando: Lenin, Marx, el Che. Todo el tiempo era eso. Tenías que saberte sus libros y discursos de memoria como si fueran la Biblia.

—Pero fue voluntario, nadie te obligó —acotó Roberto Hart como provocando.

—Ya lo sé. No evado mi responsabilidad. Tal vez eso sea lo que más me revuelve el estómago y me encabrita conmigo misma. Sí, me equivoqué, pero lo que no les perdono es que me hayan engañado.

—Yo no creo que te engañaran —machacó Roberto con desdén.

—Tal vez —contestó Brenda, ya muy alterada—. Por culpa de ellos mi vida se había ido a la basura. Esto es lo que me revienta y hace que odie a mis antiguos compañeros. Si los tuviera enfrente los ametrallaba... Me dejaron sin futuro.

—No entiendo, por qué dices que no tienes futuro —insistió Roberto en su interrogatorio para exprimir a Brenda.

El Jefe se levantó y desde el fondo de la sala gruñó:

—Te voy a pedir un favor, Brenda: conmigo no utilices palabrería de mitin estudiantil. Háblame claro.

—Ni modo que a la hora de buscar trabajo yo diga: pues mire, no tengo papeles escolares de nada, pero me sé de memoria los libros de Marx, Lenin y el Che. También puedo disparar un AK 47, un Garand, un AR 15, una Thompson. Sé poner bombas, dinamitar puentes, organizar emboscadas y cortarle el pescuezo a un desgraciado.

De la emoción Brenda derramó la copa de coñac de un manotazo. Entonces intervino Roberto:

—¿Cuándo saliste de Nicaragua?

—A principios de 1992. A mi madre la mandé a Perú porque temía que le hicieran algo. De hecho, la amenazaron de muerte.

—¿Hace cuánto llegaste a México?

—Hace seis meses.

—Oh, qué barbaridad —dijo Angie Drake al tiempo que volvía a llenar las copas.

—Entonces por un lado me comenzaron a seguir los sandinistas y por otro los agentes de la CIA. Como quien dice, quedé en medio y sin protección. Por eso llegué hasta acá, a la frontera con México, queriendo escapar. Fue así que hallé a Tomasito Aranda, quien me dio refugio, lo cual le agradezco mucho; pero también se aprovechó para forzarme a casarme con él por su religión, a mí que no tengo creencia alguna.

—¿No te parece eso muy oportunista de tu parte? —preguntó Roberto con total mala leche.

—Qué oportunista ni qué ocho cuartos, eso se llama supervivencia —replicó en plan alterado, desafiante—; cómo se ve, Jefe, que nunca has estado en una situación de extremo peligro.

Don Roberto se levantó del sofá como empujado por un resorte, caminó unos pasos y luego centrando su mirada asesina muy cerca de la cara de Brenda le espetó ante la expectación de todos:

—Te aconsejo que no me hables así, cabrona, porque te puedes arrepentir. Aquí no hay democracia ni cháchara por el estilo.

—Tranquila, todos somos tus amigos —comentó Juan apretando los dientes, mientras abrazaba a Brenda y veía la reacción de Roberto Hart.

—Discúlpeme, señor —exclamó la mujer olfateando el peligro, pero sin mostrar un solo signo de temor, lo cual sobresaltó más a Roberto—, lo que pasa es que ya llegué a un punto que no soporto mi situación.

El Jefe se fue a sentar a su lugar, respiró profundo, luego golpeó con las palmas de sus manos el brazo del sofá y preguntó:

—Está bueno. ¿Y qué cargo ocupabas en el Ejército Sandinista?

—Era comandante... la Comandante Brenda.

La mujer del Jefe

Al día siguiente, después de la comida, Angie Drake invitó a Brenda a dar una vuelta por el rancho para que lo conociera y también porque quería saber más de esta mujer que la había dejado deslumbrada. Mientras que Roberto Hart y Juan Crisóstomo Zurita Nazareno se quedaron platicando en el pórtico de la casa acompañados de unas suculentas tazas de café colombiano, que los amigos del Jefe mandaban periódicamente desde Sudamérica junto con la "mercancía".

Las dos mujeres se sentaron a la orilla de un arroyo rodeado de vegetación. De inmediato se entabló entre ellas una comunicación muy estrecha, a tal grado que pasados unos minutos parecía que se conocían de toda la vida.

—Se me hizo muy grave lo que contaste de tu vida, Brenda. Aunque la verdad es que todos tenemos historias parecidas —comentó Angie.

—Pues sí, pero vi que el Naza no comprendió nada y a don Roberto le importó poco.

—Bueno, lo que pasa con Roberto es que tiene que hacer valer su jerarquía. Además, a él le interesa el negocio y punto.

—Pues sí, lo que no entienden, o yo no expliqué bien, es que estoy llegando al límite. Los mexicanos usan una expresión que a mí me queda muy bien en este momento: ¡Estoy hasta la madre! Es cuando ya no te aguantas ni a ti mismo. Y la verdad así es. Me cansé de perseguir ideales. Acaba de caer el Muro de Berlín. No podemos seguir haciéndole al pendejo.

Por eso he decidido que si Roberto me da protección yo estoy dispuesta a hacer lo que sea.

La Comandante habló muy alterada. Tal vez ella no se daba cuenta, pero para los demás era claro que el asunto le dolía, que traía adentro un demonio que estaba dando alaridos para salir.

—No sé exactamente qué sea. Pero creo que tiene mucho que ver con que te ilusionas demasiado. Te imaginas un mundo sin pobreza, sin corrupción. Luego todo se desinfla: descubres que la gente que te rodea no es honesta, ni inteligente ni limpia. Ha sido un despertar muy duro. Te arremete mucho el rencor...

—Eso se llama resentimiento, Brenda... Pero cuentas conmigo —la tomó de la mano—, ahora me siento tu amiga a pesar de que en este negocio —le clavó la mirada en sus ojos claros— nadie es amigo de nadie.

Brenda se tiró en la hierba a mirar las nubes. Angie se quitó los zapatos y empezó a jugar con sus pies en el agua. Luego dijo:

—Antes de regresar a la casa te quiero dar un consejo que a mí me ha resultado: Brenda, solamente cumple con tu trabajo —lo dijo como súplica— y no metas la nariz en ningún otro asunto. Roberto es muy estricto, a la primera falla te eliminará. Es muy astuto, se da cuenta de todo.

Entonces se abrió la blusa y le enseñó un seno:

—Mira, también es un tipo muy cruel...

Angie no tenía el pezón, se le veía una horrible cicatriz.

—Me lo arrancó de una mordida una vez que se enojó conmigo.

Brenda se molestó muchísimo. Arrancó la hierba de la orilla del río a puños y la aventó al agua sin decir una palabra. Estaba como una olla exprés a punto de reventar.

—Pero, que hijo... —exclamó apretando los dientes.

—No. No digas nada —le tapó la boca.

Brenda abrazó a Angie y así se quedaron por varios segundos hasta que se calmaron. Luego, la texana le dijo en plan confidencial:

—Ah, y otra cosa: no le vuelvas a levantar la voz como ayer hiciste... Fue un error muy grave.

—Me ganó la rabia, pero no contra él, sino contra mí. Son mis demonios que a veces se escapan sin que yo quiera.

—Y algo más, muy importante: la mujer del Jefe es del Jefe, y las mujeres de los demás también son de él. Te lo digo para que te vayas preparando por si se le ocurre llevarte a su cama.

—Mira, yo no tengo inconveniente, Angie. El problema es el Nazareno.

Mi lealtad

Mientras tanto, en otra parte del rancho Los Aluxes, Roberto continuaba platicando con el Naza. El Jefe fumaba un espléndido habano. El aroma del café y el tabaco brindaron a ambos un estupendo marco aromático a la plática de los dos amigos en un ambiente mucho más reservado.

—La verdad, Juan Crisóstomo Zurita Nazareno, Brenda es muy alebrestada y rebelde —lo dijo como reclamo—, ya viste cómo me contestó. Eso no se lo perdono a nadie. Pero por respeto a ti no le puse un fregadazo en la boca. Sin embargo, también he de decirte que me dejó con el ojo cuadrado: qué mujer tan lista y tan entrona... Además está muy chula.

Esto último lo expresó observando la reacción de Zurita Nazareno con el rabillo del ojo. Pero el Capitán no captó la malicia de la frase.

—Qué bueno que no pasó a mayores. Me estoy encariñando con ella. Es cuestión de disciplinarla. Yo qué te puedo decir, Beto.

—Eso del "cariño" tienes que sopesarlo muy bien, mi Naza. En una Organización como ésta es hasta peligroso...

—¿Por qué, Jefe?

—Es muy simple, porque a un hombre el amor lo vuelve débil.

—Pues conmigo ha sido todo lo contrario: me ha fortalecido, es más, me siento joven otra vez.

—Nunca te había visto así tan enculado, Naza. Ésa es la palabra, porque si te digo "enamorado" sonaría cursi. ¿Me entiendes? Como que el idioma no tiene todas las palabras para expresar lo que uno siente.

—Así es, Beto.

—Ya se te pasará —otra vez se le quedó viendo maliciosamente.

Y ahora sí, el Naza como que trastabilló:

—No creo... Pero volviendo al punto, yo pienso que ella puede ser útil a la Organización. Ya ves que estamos creciendo, tenemos tropa, pero nos hacen falta comandantes. Además ya oíste lo que ella dijo acerca de cuántos tipos de armas maneja y su experiencia en combate. Te aseguro que no hay uno solo de los hombres que estoy entrenando que la iguale.

El Jefe se le quedó viendo con el gesto fruncido como poniendo en duda las capacidades de Brenda. Luego lanzó la puya:

—Bueno, eso nos contó ella. Acuérdate que de lengua nos comemos un plato. Falta verla realmente en los combates.

—Tienes razón, Jefe —contestó Zurita Nazareno sin comprar la bronca.

—Pero aquí se tiene que ganar el lugar. Debe hacer méritos en todos los sentidos —lo dijo con actitud calenturienta.

Entonces el Naza se paró como si le hubiesen puesto un cuete en la cola. Y muy serio exclamó:

—De eso también quiero hablarte, Jefe: espero que no te ofendas, pero me gustaría que Brenda solamente fuera para mí. Te lo pido como un favor.

Dueño de la situación, Roberto se rascó la cabeza y se quedó pensativo un momento. Luego aventó el puro al cenicero:

—Ah, qué mi Naza, sospechaba que eso te estaba carcomiendo los huevos. Si ya sabes cuál ha sido la ley conmigo, no entiendo por qué te sorprendes: novias, esposas, hijas, tienen que pasar aquí por la aduana.

—Pero en este caso no, Roberto.

—Pues tú tienes la culpa: no la hubieras traído aquí.

El Jefe se quedó pensativo un rato. Después exclamó:

—Mira, por tratarse de ti puede que sí. Pero los demás van a querer lo mismo, que yo respete a sus viejas, y si eso pasa, a este negocio ya se lo llevó la mierda.

—Pero no entiendo por qué —interrumpió Zurita Nazareno con la cara a punto de descompronérsele del entripado.

—Mira, si dejo a las parejitas en paz, es inevitable que empiecen a hacerse grupitos. No creas que actúo así nada más por caliente, que sí lo soy. Lo hago para evitar que marido y mujer empiecen a conspirar. ¿Me entiendes? Aunque lo peor es cuando se pelean... Vienen las traiciones y hasta los muertos.

—Pues en ese sentido Brenda y yo no platicamos ni nos ponemos de acuerdo en nada que tenga que ver con la Organización —lo dijo alterado.

Roberto se detuvo frente al Naza, le clavó los ojillos de serpiente y para su sorpresa le propuso:

—No te preocupes, no la voy a tocar. Ya sabes que con Angie y con los *raids* que hago algunas noches, con eso tengo. Ya no soy un chamaco.

El Naza se puso contento, le brillaron los ojos:

—Gracias, Jefe, de veras que eres un tipazo.

Roberto no contestó, pero su pensamiento se fue lejos: "Si éste cree que ese cuerpecito nicaragüense va a ser nada más para él, está pendejo".

Guardaron silencio unos minutos, mientras los zanates revoloteaban cerca de los arroyos buscando comida. Los pájaros hacían un escándalo infernal que puso de malas a don Roberto. Iba a ordenar que se fueran a la casa cuando cambió de opinión y exclamó:

—Hay que poner a prueba a Brenda. Porque si no da el ancho, pues la dejamos como es Angie para mí: a ella le puedo confiar mi cuerpo en la cama, pero no mi vida ni el negocio.

—Totalmente de acuerdo... A ti te debo todo lo que soy y todo lo que tengo. Por eso nunca te traicionaré y siempre —besó una cruz formada con sus dedos— te defenderé frente a quien sea, incluso Brenda.

Roberto volvió a agarrar el habano, le dio una larga fumada y dejó escapar lentamente el humo en forma de aros perfectos. El Naza sabía que cuando eso pasaba es que el Jefe quería hablar de algo importante:

—Juan Crisóstomo Zurita, quiero que seas mi lugarteniente y que me apoyes en todo. También te harás cargo de los sicarios que ahora estás entrenando.

—Por supuesto, Jefe —contestó con los ojos brillosos por la emoción.

—Entonces tu primera misión será encargarte del traslado de la gente y de la mercancía al otro lado de la frontera. Nos vamos a México en tres días. Hay que adelantar las cosas porque, según los informes que tengo, el Ejército guatemalteco estará por aquí muy pronto.

—Pues al mal paso darle prisa, Jefe... Prepararemos todo para salir.

—Mira, Naza: el contador, mi abogado, la nana y yo nos iremos en la avioneta en un par de horas junto con los billetes y tú te encargas de que los transportes que tenemos y las armas lleguen bien a México. Son muy importantes las armas, porque en cuanto las bandas rivales en Chiapas se enteren que andamos huyendo, nos van a querer cazar. Que te ayude Brenda y te encargo a Angie.

La prueba

Ese día, después de hablar con don Roberto, el Naza organizó una reunión con toda la gente para avisarles que estaban en situación de emergencia, se dio la alerta de Código Rojo. Tenían que salir a México, a más tardar en tres días. Cuando la Comandante Brenda oyó lo que decía el Naza de inmediato saltó, y ahí enfrente de todos intervino con voz tonante:

—Tiene que ser hoy. No jodás que en tres días. Cuando te dicen que el Ejército se está preparando para venir, en realidad lo que pasa es que ya salió y está a punto de caernos encima. Así que, con todo respeto, Capitán Juan Crisóstomo Zurita Nazareno, vámonos de una vez y dejémonos de güevadas:

—¡Estás loca! ¿Cómo movilizarse sin un previo reconocimiento del teatro de operaciones?

—Pues sí, a valor mexicano, como ustedes bien dicen. No hay tiempo para más.

Los demás se manifestaron porque el traslado fuera de una vez. Así que el Naza tuvo que apechugar. Fijaron la madrugada para salir; les faltaban unas doce horas.

—Perdone la pregunta, Capitán Crisóstomo —Brenda rompió el silencio otra vez—. ¿Y qué es lo que vamos a pasar a México?

—Pues mercancía... y unas armas. El polvo y la hierba irán en camiones, ocultos en latas de café, costales de maíz y en un doble fondo en la plataforma del vehículo. Las armas tenemos que esconderlas bien en los transportes, hay que buscar los huecos.

—No. El polvo que es lo más valioso nos lo llevamos nosotros y dejamos la mariguana en los camiones. Es probable que no la encuentren. En cuanto a las armas, los soldados son bien listos para encontrarlas. Ya saben todos los escondrijos que hay en un camión.

—Ah, ¿sí?

—Claro, por eso es mejor pasar todo a hombro, Capitán.

—No friegues, Brenda, son cuatro AR 15, catorce AK 47. Más la munición y el polvo.

—Pues ni modo. Consíguete unos costales, un montón de ropa y vámonos de una vez.

—Pero, Brenda...

—No repliques, y haz lo que yo te ordeno —gritó—. Perdón, quise decir lo que yo te propongo —expresó Brenda a manera de disculpa.

Una hora más tarde el Naza ya había juntado una docena de costales de lona y de ixtle, mochilas y un montón de ropa. Brenda juntó a unas quince personas que iban a pasar a México a pie entre trabajadores y jefes. Dividió esta tropa en tres grupos de cinco y repartió la carga envuelta en las ropas. El Capitán tomó su ametralladora Beretta modelo 12. Y Brenda se puso la Beretta Storm .450 ACP Especial en la cintura por la espalda. Cuando el Naza le reclamó que era su arma, ella contestó bruscamente:

—Tu pistola la tienen los aluxes. Ve a pedírsela.

Con los costales a cuestas se dispusieron a caminar hacia la frontera con México. Adelantaron la salida con la primera claridad. Una hora más tarde hicieron contacto visual con una gran cantidad de soldados del Ejército guatemalteco.

—¿Cómo la ves, Brenda? —preguntó el Naza con preocupación.

—No hay manera de pasar tranquilamente por los caminos "normales". Está difícil, pero no es imposible, Juanito. Debe haber patrullas en camino al rancho de don Roberto. Yo no había visto tanto despliegue. Entonces sí están a punto de atacar.

En su limitado español, Angie expresó con mucho vigor y nerviosismo:

—Adelante, tenemos que estar a más tardar mañana en la nueva casa.

—No se preocupen —dijo Brenda muy segura—, yo conozco las rutas de los contrabandistas.

Caminaron por un largo tiempo. Las dificultades eran muchas: el agobiante calor, subir y bajar lomas a veces muy empinadas, lo tupido de la vegetación y algunos desfiladeros infranqueables. Pasaron como tres ríos tranquilos, pero al mediodía llegaron a otro, el de la Pasión, que tenía un cauce profundo y fuerte corriente, tan fuerte que se estrellaba con violencia contra los peñascos haciendo un ruido ensordecedor.

—Es imposible pasar en esta parte —comentó Juan Crisóstomo haciendo un gesto de fastidio—. Tendremos que caminar hacia el norte para encontrar un cauce más suave.

Caminaron dos horas más sin que hubiera un sitio seguro para el cruce. Siguieron entre maldiciones a su suerte. Poco después parecieron encontrar un lugar favorable, pero de todas maneras la corriente era fuerte. Con coraje Brenda gritó, al tiempo que aventaba los sacos al suelo.

—Tiene que ser aquí o aquí, no podemos retardarnos más. Si nos agarra la noche en la selva estaremos en problemas, no traemos equipo para librarla.

De una mochila Brenda sacó una soga que amarró a una piedra como del tamaño de una bola de softbol, le dio varias vueltas para que quedara muy segura. Ya que estuvo listo el artefacto comenzó a girarla en círculos como una honda, mientras permanecía de pie en el borde del agua. Luego la lanzó con fuerza hacia la otra orilla, pero la cuerda no alcanzó a cruzar y atorarse en las ramas de los árboles como ella quería. Lo repitió varias veces. Brenda y Angie hicieron un gesto de fastidio.

Luego de eso, Brenda amarró un extremo de la cuerda a un árbol, se metió a la corriente, pasó la cuerda por su cinturón y se fue agarrando de ella llevando su costal y la mochila en la espalda. Cuando ya no pudo pisar el lecho del río la corriente la jaló, pero alcanzó a defenderse nadando. Pataleó fuerte sin soltarse de la cuerda. De este modo nadó hacia la orilla opuesta siempre con la soga en su cintura. Por fin salió del otro lado en medio de la gritería de los monos y de los pericos.

Angie y el Naza veían admirados la determinación de Brenda. La miraron trepar a un árbol y amarrar el otro extremo de la cuerda. De este modo tendió un puente de un solo hilo. Les dijo que amarraran su cinturón a la soga y que empujándose con manos y pies fueran pasando uno por uno. La que siguió fue Angie, quien entendió muy bien de qué se trataba. Luego el Capitán pasó, pero como era gordo hizo que la cuerda bajara mucho y tuvo que hacer el viaje con la mitad del cuerpo en el agua. Después de un rato, afortunadamente, todos pasaron bien con toda la mercancía y las armas. Los tres grupos siguieron caminando. No había tiempo que perder.

En esta parte de la frontera operaban varias bandas peligrosas, por eso la orden de Brenda a los grupos fue tajante: ella iría al frente con Juan Crisóstomo y Angie, y el resto de la gente veinte metros atrás con una separación de tres metros entre cada uno, cosa que checaba constantemente. El que no lo hacía así se llevaba una sonora regañada con leperadas en "idioma" nicaragüense. Les advirtió que si había algún problema debían aventarse de inmediato entre los matorrales.

En el trayecto, gracias al sol y al trajín, la ropa se fue secando. Tres horas después llegaron a lo que parecía ser un camino rural. Ya estaba declinando el sol y no estaban seguros de que estuvieran en México, cerca de Acatlipa o Amatitlán, como era el plan. Brenda les aseguró que sí, que esta parte era el camino de los contrabandistas que ella conocía. En eso iban caminando cuando les salió al paso un grupo de policías mexicanos destacados en la zona. Les marcaron el alto mientras les apuntaban con sus armas:

—¿Adónde van? Identifíquense.

—Somos mexicanos —dijo Juan Crisóstomo.

—¿Qué llevan ahí? —el oficial de más rango señaló los sacos.

Crisóstomo se vio perdido, un gesto suyo evidenció que iba a intentar huir y a Angie se le subió el color de las mejillas, pero sin perder la sonrisa que siempre traía. El ambiente su puso tenso. Al ver esta situación embarazosa, Brenda tuvo que intervenir e imitando lo más posible el tono y la manera de hablar de los chiapanecos de la frontera exclamó:

—Ideai vos —gritó con una sonrisa coqueta—, somos gente buena.

—Déjenme ver los sacos —insistió el oficial.

—¿Y para qué? A la chucha... Sólo llevamos armas —luego comenzó a reír con ganas.

Al ver esto, Juan Crisóstomo y Angie, que no entendían bien a bien lo que estaba pasando, también empezaron a reír. Cosa que contagió al oficial.

—Ah, qué mujer —dijo mientras bajaba su arma—. ¿Y adónde van?

—Aquí nomasito... Somos gente de Tomasito Aranda —replicó Brenda, quien no dejaba de coquetear al oficial—. ¿Si lo conocés?

—Quién no va a conocer por aquí a ese ladino "Profeta".

—Pues yo soy su mujer...

—¿Otra? Pues es la mejor que le he conocido al desgraciado. Váyanse con cuidado. A ver si luego te miro por casa de Tomasito, preciosa —exclamó el policía con un gesto cargado de intención sexual.

—Ahí mero, pues —remató Brenda con ese tonito que había aprendido en la casa de su ex marido.

Ya que se fueron los Federales, la tensión se aflojó y se dejaron caer en la hierba. El Naza rompió el silencio:

—¿De dónde sacaste que eres chiapaneca con ese cabello castaño y ojos verdes, taruga?

—¿Hombré que no sabés que hay finqueros alemanes y españoles que han regado su semilla por la frontera? —contestó Brenda de mala gana—. Si en México no sólo hay *manitos*.

Descansaron diez minutos, luego la Comandante se levantó dando gritos:

—¿Saben qué? No podemos seguir cargando esto —aventó al suelo su costal—. Tenemos que enterrar aquí los costales y después venir por ellos. Una vez la libramos, pero la segunda no.

Entonces caminaron un poco más hasta encontrar un lugar seguro. Ahí empezaron a cavar varios hoyos para esconder el cargamento. Lo cubrieron bien con tierra y ramas, luego señalaron con piedras y con marcas en los troncos el lugar, además de registrar en un mapa el sitio exacto.

Rancho Las Moras

C uando el grupo de Brenda y Juan Crisóstomo estaban como a tres kilómetros del rancho Las Moras, nueva propiedad chiapaneca de don Roberto, se activaron los radios de comunicación; los vigilantes informaban que un grupo de hombres se aproximaba. Rápidamente los identificaron. Dieron luz verde para que los recién llegados siguieran adelante. En una camioneta todoterreno nuevecita llegó don Roberto a recibirlos. Angie, Juan y Brenda subieron al vehículo y los demás tuvieron que ir en camiones de redilas.

Antes de encaminarse al rancho, Brenda avisó a Roberto del sitio en el que habían enterrado el cargamento, le dio el mapa con la ubicación y le informó de las señas en árboles y piedras, por lo que el Jefe de inmediato mandó vehículos a rescatarlas. En un par de horas ya estaban de regreso con las bolsas.

Al entrar a la casa principal, Juan Crisóstomo, Brenda y Angie se quedaron impresionados, con las bocas abiertas, al ver el montón de dinero que había sobre la mesa del comedor, los sillones y el piso. No calculaban la cantidad, pero seguramente eran millones de dólares. Hasta ese día Brenda no había visto tanto dinero junto. Con el apoyo de una maquinita don Roberto estaba contando lo que había.

Más tarde, Angie se encargó de informarle las peripecias de Brenda. Cosa que cayó muy bien a don Roberto y que sirvió para ir despejando dudas respecto de ella. Incluso el Jefe le hizo una confidencia a Angie:

—Creo que esa mujer es mucho más fregona que Juan Crisóstomo y en poco tiempo lo va a rebasar por la izquierda. Ya verás...

El rancho Las Moras era más grande que el de Los Aluxes en Guatemala. En realidad era un casco de una hacienda que en el siglo XIX se había dedicado a la producción de caña y algodón. Tenía caballerizas, almacenes, establos, terrenos de sembradío, huertos, cafetales, un pequeño lago en su interior... Había agua potable, electricidad, una pista para avionetas, televisión vía satélite, radiocomunicación, teléfono.

Después de la cena, Juan Crisóstomo y Roberto salieron a caminar. El anochecer era agradable, no dejaba de resonar el concierto de los grillos y las cigarras, lo mismo que los zanates que hacían su escándalo endemoniado en los árboles, en las antenas de radio y cables del tendido eléctrico.

Entonces empezó el interrogatorio —muy al estilo de don Roberto— de lo que había pasado en el trayecto del Petén al rancho Las Moras. El Jefe fue confrontando paso a paso el relato minucioso que le hizo Angie con lo que le estaba ahora contando Juan Crisóstomo Zurita. Felizmente comprobó que el Naza no le mentía.

Pero su preguntas tenían un doble filo: don Roberto quería encontrar una grieta que se hubiese abierto en la pareja a causa de un mal que acontece siempre entre miembros de las bandas mexicanas —y que es capaz de dañar a los mejores amigos, a los compadres entrañables, padres, hermanos y hasta a los amantes—: la envidia que es como un vómito corrosivo y que en la mayoría de los casos ni siquiera tiene sentido. Pero no. Esta vez no encontró nada de ese mal en el Naza. Solamente descubrió una mezcla de admiración sincera y cariño de Juan Crisóstomo hacia Brenda, cosa que lo dejó sorprendido. Don Roberto suspiró hondo —puso de pretexto el buen ánimo que le inspiraba la naturaleza del lugar y que habían salido bien las cosas—, pero en realidad fue provocado por la presencia perturbadora de esa mujer que en vez de andar con el Jefe como debía ser, era la amante de su lugarteniente. "Es mucho caballo para el caporal", pensó.

Mientras don Roberto y Juan paseaban por el rancho, Angie Drake aprovechó para invitar a Brenda a su recámara. Ambas estaban un tanto achispadas por los tequilas que se habían tomado en honor a que la operación había salido bien.

En la recámara, Angie sólo se había dejado las bragas. Brenda andaba en short, camiseta pegadita y llevaba el pelo suelto.

Sorpresivamente, Angie le dijo a Brenda:

—Qué *bubbies* tienes...

Y en vez de achicopalarse, Brenda respondió con entereza levantando el busto y mirándola a los ojos:

—A tus órdenes, Angie, tú también tienes tetas muy bonitas. Además tu piel es como de color champaña, un tono que a mí me gusta mucho y que en los pechos se ve muy bien, suculento diría yo.

—Pero la cicatriz de la mordida es horrible...

—Un buen cirujano plástico te la deja como nueva.

—¿Conoces uno?

—En la Antigua... Si quieres podemos ir para allá la próxima semana. Es algo muy rápido.

—Oh, claro, tú sí eres buena amiga.

Angie se empezó a calentar. Entonces dijo como con desgano:

—Sí, pero también necesito agrandarlas —hizo un movimiento con sus dedos señalando el contorno de sus senos—, porque a Roberto le gustan más grandes... Como las tuyas.

Brenda se acercó a verlas:

—Éstas tienen bonita forma, se ven elegantes.

—Gracias, pero ya ves cómo es el gusto mexicano...

—No hagas caso.

Entonces Brenda acercó la mano al pecho de Angie y empezó a acariciarle los senos con el pretexto de describirle la forma correcta que debían tener. Angie se quitó el resto de la ropa, lo mismo hizo Brenda. Luego Angie tomó una lámpara del buró y la enfocó hacia el cuerpo de la nicaragüense; lo recorrió lentamente con la luz. La estadounidense ya no se aguantó, estaba húmeda:

—Tienes un cuerpazo y huele muy bonito —exclamó mientras jugaba con su mano en la zona del abundante vello de Brenda.

—Estoy engordando —habló con fingido desparpajo, pero con la respiración entrecortada a causa de los movimientos de la mano de Angie en su entrepierna—, como ya no hago tanto ejercicio.

—¿Sí? —preguntó Angie muy excitada.

—Con los sandinistas al amanecer teníamos que caminar cuatro horas diarias, y dos en la oscuridad de la noche, para agarrar condición física y para gravarnos en la mente el terreno donde nos movíamos —empezó a jadear.

—Con razón tienes este cuerpo —dijo Angie mientras daba pequeñas mordidas al vello de Brenda.

—Así es, desde mañana, te juro que me pongo a caminar —exclamó Brenda ya casi sin aire para pronunciar la última palabra a causa de la excitación. Sobre todo porque Angie había encontrado su "botón" y se ensañaba con besos y frotamientos. Pronto invirtieron la posición. El primer orgasmo fue de Angie, suave, tranquilo; en cambio, el de Brenda fue casi un grito.

Una hora más tarde, como a las siete de la noche, Roberto abrió la puerta de su recámara y encontró a las dos mujeres desnudas sobre su cama. En unos segundos recorrió el cuerpo de Brenda: sus nalgas duras, voluminosas y levantadas, sus senos de gran tamaño y de pezones oscuros; el vientre terso con un ligero abombado y el pelambre abundante y brilloso.

De inmediato, con ese sexto sentido de la Comandante, abrió los ojos, ubicó a quien la miraba desde la puerta, estiró la mano para coger su pistola. Reconoció al visitante. Luego como un gato saltó de la cama y buscó su ropa sin cuidarse mucho de su desnudez. Angie despertó también, pero sólo se restregó los ojos.

—Perdón, me quedé dormida en su cama. Le juro que no se volverá a repetir —alcanzó a decir Brenda sin ningún rubor, mientras el Jefe no podía quitar la vista de encima a ese trasero carnoso.

Roberto no contestó. La nicaragüense se puso la camiseta, se alisó el pelo y se fue saliendo con calma. Angie le hizo una seña a Roberto para que se acostara junto a ella. Él lo hizo con una sonrisa de felicidad que no le cabía en el rostro. Angie pensó que era por ella. Pero no, la verdad es que Roberto había visto abierta de par en par la puerta del paraíso.

Al otro día en la tarde el Chapeado le avisó que ya estaban listos para la cacería:

—En un rato deben estar saliendo las palomitas del cine, de los hoteles, de las discos. Lo esperamos aquí afuera, Jefe.

La gran alianza

El problema principal para el incipiente cártel de don Roberto consistía en cómo mantener las líneas de paso libres y seguras para su mercancía desde la región del Petén en Guatemala hasta México. Los colombianos tenían un tramo del trayecto muy bien dominado, previo acuerdo con los Maras: entregaban la cocaína y mariguana en la costa de Honduras y por tierra las hacían circular sin ningún problema hasta la frontera con Guatemala.

En este último país, gran cantidad de rancheros, policías y funcionarios del gobierno, eran amigos de ellos por lo que no había dificultades para el trasiego, pero en la frontera con México se juntaba todo mundo y complicaban las tareas. Era como un embudo. Había como quinientas bandas queriendo pasar sus propias mercancías o grupos carroñeros que ansiaban quedarse con la cocaína y la mariguana. Mucha droga terminaba en el río de la Pasión o de plano en el Suchiate y se perdía sin remedio. Eran millones de dólares que se estaban yendo como por un drenaje monumental. La gente de don Roberto se quebraba la cabeza buscando cómo remediar esto. Hasta que la Comandante Brenda dio con la clave:

—Los contrabandistas tienen bien dominadas sus rutas desde hace muchísimos años, generación tras generación han cruzado la frontera: ellos transitan los caminos desde que son niños; saben los escondites, en qué parte de los ríos hay que cruzar; conocen a los miembros de otras bandas y a éstos les avisan cuando van a pasar para que no los ataquen. Por eso creo que tenemos que unirnos a los contrabandistas, ofrecerles algo bueno que les interese y usar sus rutas.

De inmediato, a don Roberto le brillaron los ojos:

—Fabuloso, ésa puede ser la solución, Brenda.

Todos exclamaron que sí, hasta Juan Crisóstomo brincó de gusto.

Luego el Jefe tomó la palabra:

—Brenda, ¿estás pensando en una gran alianza con Tomasito Aranda?

Brenda se quedó muda unos segundos. Tanto que Roberto tuvo que insistir en su pregunta:

—¿Y bien?

Luego la mujer contestó con respeto:

—Mire, don Roberto, a mí no me entusiasma la idea de volver a ver a ese hijueputa, pero está demostrado que para conseguir un objetivo hay que saber aliarse hasta con el diablo.

Don Roberto sonrió lo mismo que varios de los presentes, porque sabía que ella le había dado al clavo. Luego exclamó:

—Tiene razón la Comandante Brenda —por primera vez la llamó así para sorpresa de todos—, hay que buscar al Profeta y aliarnos con ese diablo. Pero una cosa más: también tenemos que acabar con las demás bandas que andan por ahí. Son muchas. Para eso voy a necesitar que el Naza comience a limpiar la selva de nacos. ¿Estamos de acuerdo?

—Sí, claro —contestó el Capitán Zurita—, mi grupo ya está preparado.

Todos gritaron de gusto. Sin embargo, Juan Crisóstomo no fue tan entusiasta. Algo le molestaba. Aunque esa vez en la reunión fue prudente, no dijo nada, pero en privado se desahogó con don Roberto:

—Debí haber matado a ese cabrón de Tomasito —gritó enfurecido.

Roberto nada más lo veía.

—No se vale lo que vamos a hacer, es como entregarle a mi vieja.

Roberto dejó su puro y con toda calma le habló a Juan Crisóstomo:

—Cálmate, si nada más queremos apropiarnos de sus rutas. Además, Brenda sabe defenderse y tiene los suficientes ovarios para meterle un tiro.

—Pero es que va a querer abusar...

—Mira, Juan, eso no es cierto... Abusó antes porque Brenda andaba sola, pero ahora nos tiene a nosotros, te tiene a ti.

—Te juro —dijo con rabia— que si intenta algo con Brenda lo mato.

—Tú no vas a matar a nadie si yo no te lo ordeno —exclamó ya muy molesto—. Además solito va a entender lo que le conviene. Porque lo que él quiere es lana... Y no sigas con esto que me fastidias.

En el fondo Roberto estaba preocupado por lo que pudiera suceder. Se levantó de su sillón y luego caminó hasta donde estaba parado Juan Crisóstomo. Hizo un último esfuerzo por convencerlo. Le palmeo la espalda y le habló como si fuera su hijo:

—Te entiendo totalmente y repito que confío en Brenda. Pero para que estés más tranquilo, te propongo que Angie la acompañe en todo momento.

Juan Crisóstomo se fue a sentar a un sofá, puso la cara entre sus manos, se la frotó con fuerza. Luego levantó la cabeza y exclamó:

—Me pones unas pruebas muy duras, Roberto, pero está bueno, así le hacemos. Si Angie la acompaña me quedo más tranquilo.

A Roberto se le encendió la cara de gusto cuando oyó estas palabras de Juan Crisóstomo. Pensaba que todo estaba arreglado. Sin embargo, al salir de la habitación el Capitán Zurita cometió el grave error de arrojar al desgaire una frase peligrosa que encendió las alarmas del Jefe:

—A ver hasta dónde aguanto.

Roberto se incorporó del sillón como impulsado por un resorte.

—¿Qué dijiste? Repítelo.

—Que estoy aguantando, y lo seguiré haciendo.

—Eso no fue lo que oí.

—Que obedezco órdenes y punto.

De plano al Jefe no le gustaron las últimas palabras. En su mente eso quería decir que Juan Crisóstomo ya estaba fastidiado y que nada más lo estaba aguantando. De ahí a la traición faltaba muy poco. Sabía que esa noche habría pleito entre la parejita, y que era mejor estar preparado y aplicar un correctivo por si alguno de ellos se quería ir de la Organización. Entonces dio la orden fatal. Le habló a su jefe de guardias para decirle tajante:

—Escúchame bien, todo vehículo que salga entre esta hora y las cinco de la mañana tiene que ser detenido a balazos. No importa quién vaya en él.

Esa noche Roberto no pudo dormir y a juzgar por lo que pasaba con sus amigos, ellos tampoco. Como siempre, sus escoltas durmieron en la sala, dos en el pasillo de la recámara y Angie en su propio cuarto. Mientras llegaba la hora de dormir, la texana acompañaba a don Roberto. Desde la recámara del Jefe se podía ver la ventana donde se quedaban Juan y Brenda. Y para su asombro esa ventana permaneció iluminada mucho tiempo y se escuchaban gritos y maldiciones. El agarrón estaba fuerte... Pero la decisión que Roberto tomó era la correcta. Disciplina. Es lo que se tenía que imponer y punto. Si había que matar al Naza, lo haría. Angie sólo esperaba inquieta el desenlace.

Si Roberto Hart Ibáñez hubiera preparado maquiavélicamente esta maniobra para separar a la parejita no le hubiera salido tan bien. Pero el hecho no tenía nada bueno para él y la Organización: si se peleaban, en el mejor de los casos se quedaría solamente con un elemento de calidad y al otro lo tendría que eliminar. En el peor de los casos perdería a los dos. Lo cual era fatal.

Dormitó un par de horas esperando solamente la balacera. Estaba seguro de que Juan se iría esa noche. Y la disciplina impuesta por Roberto dictaba que no lo podía hacer: "En este negocio hay que demostrar todos los días y cada minuto de cada día que se es el mejor. Pero por encima de todo demostrar que se es leal. Porque la fuerza de la Organización está en la lealtad de sus miembros".

Por lo pronto, en la recámara de Brenda y Juan el pleito estaba en su apogeo. Brenda ya se había puesto la pistola en la pretina del pantalón esperando algo. El punto que defendía la Comandante y que le causaba rabia es que Juan Crisóstomo no le tuviera confianza:

—Lo que me caga es que desconfíes de mí. Tú crees que sólo ando por ahí buscando con quién acostarme. ¿Eso crees, estúpido?

—No, pero si la ocasión se presta...

—Carajo, eso haría tu madre, pero yo no.

—No te metas con ella.

—No te metas conmigo.

—Si tanto quisiera al Profeta me iba con él en este momento... Y tú no lo ibas a impedir.

—Antes te meto un balazo.

—Quiero verlo —Brenda sacó la pistola.

El Naza se echó para atrás para no aventarle más gasolina al fuego:

—¡La verdad es que eres *cagante*, Brenda!

—El *cagante* eres tú. Lo que pasa es que no te valoras. Piensas que eres inferior a Tomasito, cuando el tipo no tiene nada qué ofrecer a una mujer como yo.

—Pues entonces no tienes nada qué hacer allá, en el restaurante.

—Estoy cumpliendo una orden del Jefe.

—Estas misiones me están acabando el hígado. Siempre tengo que llevar la peor parte.

Entonces de manera sorpresiva la Comandante planteó:

—Si no estás de acuerdo te propongo una cosa... Que nos larguemos inmediatamente de aquí, Juan. Vámonos a vivir lejos de tanta mierda.

—No es tan fácil, Brenda... Sería una sentencia de muerte.

—¿Le tienes miedo al Jefe? ¡Yo no! —se paró enfrente de él con los brazos en jarra.

—No es miedo, yo no le temo a nada, pero no puedo irme. Es mi amigo.

—Pues entonces jódete tú solo —le mentó la madre con una seña.

—Brenda no...

—Te espero allá afuera donde están las camionetas. Nos vemos en diez minutos para largarnos de aquí —gritó tonante.

Brenda jaló una bolsa deportiva llena de billetes y salió.

Nadie muere hoy

Brenda atravesó con prisa el patio rumbo a donde estaban estacionados los vehículos. Buscó uno que tuviera las llaves puestas. Encontró una pick up, la arrancó. Esperó diez minutos, los que le había dado de plazo a Juan Crisóstomo. En este tiempo estuvo sumida en un silencio absoluto, de sepulcro, sólo interrumpido por el canto de las cigarras. Dos lágrimas brotaron de sus ojos; eran de rabia. Se mordió el labio inferior esperando a Juan. El hilillo de sangre lo limpió con el dorso de la mano.

A los diez minutos exactos echó un vistazo a la ventana del cuarto en que había cohabitado con Juan. Qué rabia le dio que él no tuviera los tamaños. Por última vez miró la puerta. Al no verlo arrancó sin encender las luces. Estaba a punto de arrojar por la borda una magra felicidad que había obtenido luego de muchas penurias. También estaba consciente que de nuevo se quedaría sin protección ante sus ex compañeros guerrilleros y ante la CIA. De repente miró mejor las cosas: ahora su situación sería más grave porque tendría un enemigo más, el poderoso don Roberto Hart Ibáñez. Pero no le importó. De hecho, no le importaba nada en la vida ni ella misma.

De inmediato la guardia del rancho reportó al Jefe que un auto se estaba moviendo rumbo al camino de entrada, que iba muy despacio y con las luces apagadas. Del otro lado, el Jefe fue tajante:

—Cumplan las órdenes —y acotó—. Abusados porque de repente va a encender las luces y al mismo tiempo va a acelerar a toda velocidad.

Luego colgó con un tremendo golpe dado al aparato telefónico.

Brenda no sabía de las órdenes dadas por Roberto, pero estaba segura de que si salía precipitadamente del rancho iba a lloverle plomo. Por lo que sacó la Beretta, le quitó el seguro y la sostuvo en la mano izquierda al tiempo que maniobraba el volante con la derecha. Estaba dispuesta a pasar la línea roja, esto sería cuando pisara el acelerador y tuviera que disparar a los guardias.

Iba a acelerar. Pero de repente una sombra, alguien, se le atravesó en el camino. Iba a soltar el plomazo al bulto cuando vio que era Angie, quien casi se echa encima de la camioneta. La Comandante frenó bruscamente:

—Brenda no lo hagas —dijo Angie con gran angustia, pero lo más quedito que pudo para evitar ser oída, al tiempo que se acercaba a la ventanilla del conductor—, allá adelante te van a acribillar.

—¿Cómo?

—Son instrucciones que acaba de dar Roberto: no permitirá que nadie salga del rancho sin su permiso. No lo hagas, por favor.

—Sube —ordenó Brenda.

Entonces Angie trepó al vehículo con la angustia dibujada en el rostro. Sobre todo porque la texana no sabía si la Comandante arrancaría llevándola a ella también al matadero.

—¿Así que hay orden de matar al que salga?

—Sí, yo oí cuando lo dijo Roberto.

Luego vinieron varios minutos angustiantes para Angie en los que Brenda se quedó totalmente callada sin decidir qué hacer. La estadounidense la veía sin descubrir qué iba a pasar. Después de cinco minutos Brenda por fin habló:

—No quiero que me maten esta noche y menos por Tomasito.

Así que dio vuelta con la camioneta y la volvió a estacionar en su lugar. Angie la abrazó con gusto y le dio un beso largo en la boca. Luego dijo:

—Me habría muerto de la tristeza.

Cuando la vio entrar por la puerta de la recámara, Juan Crisóstomo respiró hondo, se levantó rápidamente. Estaba feliz. Sonrió. Brenda dejó la Beretta sobre la cómoda, aventó en un rincón la bolsa llena de billetes, se quitó la blusa y gritó:

—Estoy aquí de nuevo, mexicanito hijueputita. Nadie va a morir hoy.

Vacaciones

La mejor forma de reconciliarse entre Brenda y Juan Crisóstomo fueron unas vacaciones en el Caribe. Pero antes, gracias a la gestión de don Roberto, a los dos les proporcionaron documentos oficiales totalmente legales. Para esto tuvieron que pasar a Tapachula a recoger sus credenciales de elector, pasaportes mexicanos y unas flamantes *charolas* que los acreditaban como agentes de la Dirección Federal de Seguridad. Esto último además justificaba el hecho de que la pareja portara armas.

En Tapachula se hospedaron en el hotel más caro. Al día siguiente muy temprano abordaron un vuelo privado en un jet que los llevó directamente a Cancún. Brenda se compró ropa, lo mismo hizo Juan Crisóstomo cuyo cambio de apariencia le asentó muy bien. Por primera vez en muchos años la ex guerrillera volvía a probar las mieles de la riqueza; la primera muestra de ello fue la ostentación:

Brenda Ituarte pasó a las mejores joyerías de Cancún a surtirse de lo que más le gustaba. De Piaget compró un collar de oro blanco con zafiro rosa y calcedonia blanca que le encantó. También otro collar de oro blanco de 18 kilates con diez colgantes de rubelitas tallados tipo pera; collar engastado de diamantes, esmeraldas y amatistas. Todo lo pagó de contado. Ante el asombro de los comerciantes sacaba el dinero de una maleta llena de dólares.

Siempre pedían lo más caro, lo mismo hicieron con el hotel, buscaron el más lujoso y el que costaba más. A Brenda la riqueza y el lujo le sentaban muy bien, se le notaba la clase, su segundo apellido Debayle dejaba ver cierto abolengo criollo y ser una persona acostumbrada a la buena vida. Contrastaba con la apariencia de Juan Crisóstomo, quien a pesar de la ropa cara y las joyas —que de tan exageradas parecían falsas—, se le notaba lo naco, un naco con una billetera muy gorda.

El centro del lujo de Juan Crisóstomo Zurita Nazareno era el reloj. Su pasión por estos artefactos no tenía límites. Pero como era de clase baja no le lucía: un reloj de miles de dólares parecía que lo había comprado en el barrio de Tepito por cien pesos. Esta vez cargaba un portento de ingeniería y diseño. El IWC era una auténtica joya: cristal de zafiro antirreflejante, el fondo también de zafiro, funcionamiento automático, caja de oro rojo de 18 kilates. La joya tenía un calendario perpetuo que le mostraba las fases de la Luna. El Naza lo había adquirido así porque era medio supersticioso.

A la hora de la comida les recomendaron el restaurante más caro y hacia allá fueron a bordo del convertible Lamborgini que rentaron. Todo era ostentación. Cuando entraron al restaurante el capitán de meseros los atendió de maravilla, les hizo pasar a la mejor mesa. Se sentían como jeques árabes, sobre todo Juan, pero las atenciones eran para ella. Una vez instalados en una mesa que daba a una playa de arena fina y aguas color turquesa, el mesero encargado de atenderlos llegó a tomar la orden. Sin esperar que le preguntaran, Juan Crisóstomo ordenó con malas palabras que le trajeran la mejor champaña que tuvieran. Señaló con energía la más cara de la carta de vinos. Fue entonces que el mesero al darse cuenta de la diferencia de clase entre Juan y Brenda, se atrevió a preguntar con total mala leche:

—¿Señorita, van a ser cuentas separadas?

Juan no entendió la indirecta, pero Brenda la pescó al vuelo, y sin armar escándalo le dijo que era una sola cuenta y que no volviera a preguntar eso porque se iba a arrepentir. El mesero tomó la orden y se dio la media vuelta. Entonces Brenda le explicó a Juan lo que había insinuado el mesero, y el ex militar se puso furioso.

—Le voy a meter un tiro.

—Déjalo, luego lo arreglamos, Juan, por ahora come tranquilo. Recuerda que con los meseros nunca de los nuncas —manoteó de manera grotesca— te debes pelear, porque te pueden poner porquerías en la comida.

Cuando les tomaron la orden, también buscaron lo más caro: veían la carta por el lado del precio más alto y justamente eso se les antojaba. Y en cuanto el plato llegaba a la mesa, lo probaban, comían un poco y hacían que se lo llevaran usando para ello sus peores maneras. Así estuvieron, desperdiciando comida todo lo que les dio la gana. Lo mismo sucedió con los vinos. A Juan no le gustó ninguna botella de champaña, dijo que estaban agrias. Brenda le aclaró que la debería tomar con fresas. A lo que el Naza contestó: "¿Fresas? Yo sólo las como con crema, pero ya ves que me hace daño lo dulce". Luego empezaron a jugar con los postres, se aventaban porciones de helado, pastel, crepas...

Cuando empezó a oscurecer pidieron la cuenta. Ya estaban muy bebidos. El capitán de meseros se las llevó: eran miles de pesos, entonces Juan sacó la cartera repleta de dólares, tomó varios billetes y los arrojó sobre la mesa. Se paró y le dijo a Brenda que iba a ir al baño a saludar al "perico" porque ya se sentía cansado.

En su camino al baño, Juan Crisóstomo buscó al mesero que los había atendido. Entonces le dijo:

—Ah, amigo, creo que no te dejé propina. Ayúdame a llegar al baño porque ya no sé ni dónde estoy.

El mesero caminó delante de él. Al llegar a la puerta del baño, el Naza lo encañonó mientras le tapaba la boca con la mano para llevarlo adentro. Antes de que el tipo pudiera reaccionar le puso una pistola en la cabeza.

—Conque "cuentas separadas", ¿eh?

—El mesero se puso blanco, se le fue el alma del cuerpo y tartamudeando habló lo que pudo apagada la voz por la mano del Naza:

—Perdone, perdone, señor, no fue mi intención...

Le dio un golpe que lo aventó a un compartimiento. El tipo estaba noqueado. Lo sentó en una taza. Luego le puso silenciador a su pistola y le disparó al corazón. El ruido fue menor que el que hace el corcho de una botella de champaña al salir. Se ajustó la pistola en la pretina del pantalón por el lado de la espalda, fue al espejo para peinarse, saludó al perico y se fue.

Al salir encontró a Brenda sentada al volante del Lamborgini. La mujer se retocaba el color de los labios. Estaba guapísima y muy contenta de haber regresado al mundo en que había nacido.

—¿Todo salió bien, Juanito?

—Sí, claro, tengo que ponerle otra lagrimita al tatuaje. Ya voy alcanzando a Roberto —contestó el ex capitán mientras, se miraba la imagen de la Santa Muerta que traía dibujada en el brazo izquierdo.

—Pues entonces vámonos a bailar —propuso Brenda.

Al día siguiente salieron en un vuelo privado rumbo a la República Dominicana donde se hospedarían en el Hard Rock & Casino Punta Cana.

El trato

Don Roberto invitó al rancho Las Moras a Tomasito Aranda para una reunión "de jefes". El ladino chiapaneco llegó en su vehículo escoltado por sus guardias personales. También acudieron unos quince hombres bien armados, todos ellos policías estatales y municipales, a juzgar por el uniforme que portaban. Además venían con el Profeta el presidente municipal, el jefe de la policía, de la Judicial Federal, y dos de sus esposas, las más bonitas, las que le habían gustado a Juan Crisóstomo.

Al verlo venir hacia la casa, Brenda reconoció desde lejos ese aire místico que le gustaba ostentar al Profeta —y que en el fondo le encantaba a ella—, su pelo negrísimo suelto, su barba crecida, su túnica blanca y las botas de víbora de cascabel.

Cuando estuvo en la casa el ladino chiapaneco insistió en que entraran también sus guardaespaldas. Don Roberto, desde el fondo de la sala y sentado en su sillón favorito, dio la orden para que los dejaran entrar. Luego, sin levantarse de su asiento como si llegara cualquier hijo de vecina, le habló con voz estentórea:

—Eres bienvenido, estamos en paz, pero si quieres tener guardaespaldas entonces yo también voy a llamar a dos de los míos...

Tomasito nada más rió. Luego dijo taimado:

—Ta güeno.

Entonces Roberto llamó a Juan Crisóstomo y a Brenda. Y en lo que llegaban los dos, Tomasito hizo entrar a sus mujeres que le habían traído unas viandas porque él no pensaba probar la comida de Roberto. Todo iba bien, el Profeta se relajó, comenzaba a sentirse a gusto. Los funcionarios regionales también se acomodaron. Estaban contentos. Sin embargo, Tomasito palideció del coraje al ver de nuevo la cara de Brenda. Y peor se puso cuando su esposa nicaragüense se fue a parar atrás de don Roberto y al lado de Juan Crisóstomo Zurita Nazareno.

Tomasito carraspeó, después escupió una flema gruesa en el piso de madera fina. Inmediatamente una de sus esposas sacó un rollo de papel de baño para limpiar. Tomasito insistió:

—Esa mujer es mía, ¿qué está haciendo aquí?

Roberto contestó con toda calma mientras ordenaba con un movimiento de la mano a sus otros escoltas, que estaban disfrazados de meseros, para que sirvieran los tragos:

—Ya lo ves, Tomasito, esa mujer ahora es de mi escolta.

El Profeta rechazó la bebida que le ofrecían los meseros y ordenó a una mujer que sacara de una bolsa su aguardiente. Don Roberto lo atajó:

—No desconfíes de mí, Tomasito, si quieres vamos a beber de la misma botella.

—Así mero es mejor... Bueno, de mi esposa Brenda luego hablamos porque no está bien que no respetes mi religión.

Esto dijo Tomasito como no queriendo mientras agarraba su copa de tequila. Brenda, a la que no se le pasaba detalle alguno echó un ojo inquisitivo al ladino porque se suponía que él no tomaba alcohol y de paso miró bajo los sillones un pedacito de las armas que habían escondido ella y Juan, "por si se necesitaban" según había ordenado don Roberto. El ambiente por momentos era muy tenso y por momentos se relajaba. Nadie sabía en qué iba a terminar.

Los dos líderes levantaron su copa. Los funcionarios los siguieron.

—Brindo por el enorme gusto de conocerte, Tomasito, me han platicado mucho de ti...

—Seguramente esa mujer —señaló con un movimiento de la cabeza—, mi séptima esposa te ha calentado la cabeza.

En ese momento Juan, de manera automática, lo mismo que Brenda, rozaron con la punta de los dedos la zona de su ropa que ocultaba las pistolas.

—No sólo Brenda, sino mucha otra gente que te conoce y que dice que tus negocios son buenos. Por el éxito quiero brindar —levantó su copa.

—Hablas como político.

—¿Y eso es malo? —se dirigió a los funcionarios que allí estaban.

—No, para nada —contestaron al tiempo que reían—. Nomás véanos.

Luego uno de ellos aclaró:

—Nosotros solamente estamos aquí para ser testigos de los buenos negocios entre amigos.

—Así debe ser —contestó don Roberto—. Eso es algo que no se puede olvidar, Tomasito, como tampoco la buena fortuna que has tenido comerciando con todo tipo de cosas en la frontera... hasta niños —lanzó el golpe.

—Pero yo no los violo —contestó seco—. La verdad es que nos ha costado mucho trabajo levantar el negocio —el ladino dijo con orgullo y hasta sacó el pecho mientras le echaba un ojito a Brenda—. Tú que eres nuevo por acá debes saber lo difícil que es colocarse. Los fureños siempre traen problemas —contestó rudo y volvió a escupir en el piso de la sala. De nueva cuenta una de sus mujeres limpió.

—Sí, no te lo niego, Tomasito, pero con amigos como tú yo creo que se pueden facilitar las cosas —encaminó la discusión.

—Has dicho amigos...

—Yo ya te considero así.

—Pues todavía no sé —lo vio con desprecio—. Mira las cosas están difíciles. Ahora tenemos que tratar con bandas y grupos que andan por aquí y por allá en los dos lados de la frontera. Son muchos. También tenemos que tratar con guerrilleros que pelean contra el gobierno de Guatemala.

En ese momento Roberto ordenó que sirvieran la comida. Juan y Brenda ni pestañeaban, estaban detrás de su Jefe como estatuas. El Profeta de vez en cuando le lanzaba una mirada a su séptima esposa.

Por supuesto que Tomasito no aceptó la comida de Roberto y pidió a sus mujeres que le sirvieran la que él había traído. Las dos esposas lo trataban como a un bebé y casi le daban de comer en la boca.

Luego de un rato de bromas, de puyas, y de no compartir el pan y la sal, don Roberto fue al asunto que le interesaba. Le ordenó a uno de sus ayudantes que le acercara dos maletas medianas que estaban sobre una mesa. El Jefe abrió una de ellas, de la que sacó varias carpetas con papeles. Y comentó:

—Tomasito, déjame decirte algo: una persona que me habló muy bien de ti ahora que estuve en Arizona fue el arquitecto William Rodney, de la misma religión tuya. Él te mandó esto —enseñó el montón de papeles.

Tomasito se puso contento al oír el nombre del estadounidense y pidió le sirvieran otra copa.

—Claro, a mister William lo conozco muy bien y lo aprecio mucho... ¿Pero qué mandó?

—Bueno, en realidad yo tuve que comprarle los papeles... Son planos arquitectónicos de una iglesia. Están muy bonitos —se los pasó—. Ahí encima está el dibujo de cómo quedaría un templo en donde hoy tienes el restaurante.

Tomasito sacó la hoja y la vio con satisfacción. No podía ocultar que estaba contento. Sonriente le pasó el dibujo a sus acompañantes:

—Está re bonito —exclamó el jefe de la policía municipal.

Los demás también sonrieron.

Entonces dijo Roberto:

—Pues ahí tienes los planos de tu futura iglesia, son un regalo que yo te hago de todo corazón —se puso la mano en el pecho.

Luego abrió la otra maleta:

—Pero a los planos les falta algo más —y comenzó a sacar varios fajos de dólares—, unos cuantos billetes para que el sueño se convierta en realidad.

A Tomasito le brillaron los ojos cuando Roberto ordenó a uno de los "meseros" que le acercara la maleta al ladino chiapaneco.

—Y eso es mi primera cooperación para la obra.

—Huy, pos qué bien... Creo que ahora sí nos estamos entendiendo —pidió más tequila, mientras dejaba escapar una risita socarrona—, y se puede saber a cambio de qué. Digo, porque estamos haciendo negocio, ¿no es así?

—Muy sencillo, Tomasito, tú sabes la mercancía que yo muevo...

—Todos aquí lo saben —miró a los jefes policiacos.

—Pues sí, pero quiero que nos dejes pasarla por tus rutas. A cambio de eso tendrás una cooperación en dólares de parte nuestra. Estamos arrancando el negocio, pero más adelante cuando vaya bien todo te daremos más billetes.

Tomasito agarró a dos manos los fajos de la maleta, luego los olió casi como si fueran un sexo femenino. Se tardó en responder dándose su importancia —el pretexto es que estaba contando el dinero— porque sabía que de él dependía que Roberto prosperara. Después de varios minutos contestó:

—Está bueno, quiero la misma cantidad de billetes cada mes. Ya ves que tengo que *salpicar* por aquí y por allá, y a veces hasta arriba...

—Así se hará —exclamó Roberto al tiempo que Brenda y Juan Crisóstomo respiraban tranquilos.

Luego, el Jefe hizo que trajeran dos maletas más pequeñas y se las dio a los jefes policiacos que estaban ahí. A los funcionarios se les iluminó la cara cuando las abrieron y saltaron los dólares. Y uno de ellos exclamó:

—Hombre, gracias don Roberto, esta lluviecita sí moja.

Roberto y Tomasito se dieron la mano por primera vez.

—Mis contactos con ustedes serán Angie y Brenda —dijo Roberto.

Entonces, levantando la cara y sacando el pecho, el ladino exclamó:

—Yo no creo que sea Brenda, porque ella es mi esposa y se viene hoy conmigo...

Otra vez volvió la tensión: Brenda y sobre todo Juan estuvieron a punto de soltar balazos, pero Roberto se les adelantó con una seña para calmarlos.

—Mira, Tomasito, la mujer no está en el trato.

—Pues yo creo que sí —el ladino contestó con firmeza.

Entonces don Roberto se paró de su asiento, sus guaruras se pusieron en posición, pero sin desenfundar y lo mismo hicieron los guardaespaldas del Profeta y los jefes policiacos.

—Mira, si sabes lo que te conviene —dijo Roberto acercándose al ladino con la mirada de serpiente que acostumbraba poner justo antes de matar— hazme caso. Tú podrás sentirte muy fuerte aquí en la zona, pero más allá no vales nada. Tengo amigos en el Gobierno de México que te pueden aplastar. Yo ya compré esta plaza. Pregunta a los funcionarios que están aquí. Así que no te pases de vivo... Es más, para que veas que no quiero guerra contra ti prometo limpiar la región de todas las bandas y que sólo quedemos tú y yo de jefes. Así no tendremos competencia.

Tomasito guardó silencio, hizo cara de pocos amigos. Todos esperaban que ahora sí se soltaran los balazos. El ambiente se puso muy tenso. Una esposa de Tomasito hizo señas a los que vigilaban afuera y se acercaron con las armas listas. Los meseros se fueron a parar justamente donde estaban escondidas las armas bajo los sillones.

Luego de unos segundos, el Profeta exclamó:

—Ta güeno, al fin ella solita me vendrá a buscar.

Tomasito salió de la casa con toda parsimonia seguido de su corte, como un rey criollo. En ese momento le echaron incienso. Cuando estaba en el patio cerca de las patrullas se volvió a mirar a Roberto, quien había permanecido serio en la puerta de la casa, y le gritó como a un sirviente:

—Recuerda, una maleta cada mes entregada en mi restaurante. No se te olvide, tratos son tratos.

Y con una sonrisa mal disimulada, Roberto le contestó:

—Así se hará. Pero mi gente te visitará a mitad de la semana —señaló a Brenda y a Angie— para comenzar a trabajar.

Tomasito no contestó con palabras, pero con un movimiento de la mano dio a entender que sí. Después subió a su camioneta vieja y destartalada que avanzó seguida por los vehículos de la policía local.

Confesión

La orden de don Roberto Hart fue tajante: tenían que aplicarle marcaje personal a Tomasito para saber bien sus rutas. Habría que sacarle toda la información por la buena o por la mala. El Jefe también necesitaba saber el tipo de armas que el Profeta tenía y el número de hombres que podían ser combatientes.

Así que Juan Crisóstomo con todo el dolor de su corazón tuvo que apechugar. Brenda debió ser el enlace entre el ladino chiapaneco y la Organización. Por supuesto que Angie Drake la acompañó, pero era más una espía de Roberto que una ayuda real para la Comandante.

Por esos días el Capitán Zurita Nazareno andaba que no lo calentaba ni el sol, pues Brenda tenía que quedarse a dormir en el restaurante-iglesia de Tomasito Aranda. Ahí en ese lugar donde la vio por vez primera. Y eso no prometía nada bueno. Mientras desarmaba su pistola y la cepillaba se volvió a hacer la pregunta: ¿cuánto tiempo más aguantaría antes de estallar? Supo que estaba pisando terreno peligroso. Por eso, en lugar de contestarse él mismo reprimió la respuesta con violencia, la sepultó hasta el fondo de su corazón.

Otra amenaza más se cernía sobre el Naza: en pocos días Angie y Brenda habían hecho gran amistad, en ese tiempo nadie sospechaba de la relación íntima que tenían, ni siquiera Tomasito o don Roberto, así que como era natural ambas se fueron volviendo confidentes. Entonces sucedió algo que don Roberto no imaginó: Angie comenzó a guardar información para ella, para proteger su relación. Tal vez Brenda sí lo calculó, con esa frialdad con que planeaba todas las cosas, el chiste es que le salió bien, pues la mujer de Roberto se enamoró de ella y se volvió su aliada. Claro que si Roberto lo hubiera sabido a tiempo habría cortado de tajo ese "cariño", pues le repateaba que se formaran "grupitos" dentro de la Organización. Solamente él podía tener secretos y guardar intimidad con quien quisiera.

El día que Angie y Brenda se fueron con Tomasito para pasar el primer cargamento por las rutas que el ladino controlaba, el tema inevitable fue Juan Crisóstomo Zurita Nazareno. Mientras Brenda iba manejando rumbo al templo del Profeta contó cosas que precipitaron la ruina del Naza.

—Tengo una duda —dijo Angie en su medio español—, ¿por qué Juan Crisóstomo está tan celoso de Tomasito? Ahora que salimos del rancho de Roberto lo vi realmente rabioso. Si él es mejor tipo que el Profeta.

A Brenda le sorprendió la pregunta. Por lo que se detuvo unos segundos antes de contestarla. Se ajustó los lentes oscuros y expresó:

—Amiga, me cuesta trabajo decírtelo, pero lo voy a hacer porque te tengo confianza y porque te quiero: mira —hizo un largo silencio—, como hombre Juan no funciona. Está decrépito debido a una enfermedad.

—¿Cómo? No me lo habías dicho. ¿Está enfermo de algo grave?

—¿Grave de que se muera mañana? No, Angie. Pero mal para mí, sí y mucho. Como dicen los mexicanos: está de la chingada.

Entonces Brenda volvió a guardar un silencio que despertó más la curiosidad de Angie Drake:

—No amiga, no me dejes a medias. ¿Qué le pasa a tu hombre?

Brenda guardó silencio unos minutos más mientras se mordía los labios. Luego se tapó la boca con la palma de la mano derecha como para impedir que las palabras salieran. Aunque ya era demasiado tarde para contenerlas:

—Tienes que prometerme que no se lo vas a decir a nadie —le clavó en los ojos su mirada—, sobre todo a Roberto, porque él y la tropa van a empezar a poner en duda la autoridad de Juan Crisóstomo y ya ves que el Capitán Zurita le hace mucha falta a nuestro grupo.

—Te lo prometo, amiga —Angie le dio un beso a Brenda en la mejilla con mucha ternura—. Ya dime, no me tengas así...

—Lo que pasa es que un médico de Tenosique le detectó diabetes... Como tú sabes eso afecta el funcionamiento de una persona, la debilita y hasta puede perder la vista. Y a los hombres ya no se les levanta la pija.

—¿Cuál pija?

—La pija, el machaca papa, el venoso, el metiche, el pene, pues... Y a mí para qué diablos me sirve un hombre así —gritó acalorada y llena de furia, mientras golpeaba el volante.

Angie puso las palmas de sus manos en sus mejillas:

—¿Me estás diciendo que Juan Crisóstomo no te satisface en la cama?

—Tal cual, amiga... Y yo no me puedo conformar —Brenda dejó brotar una lágrima de coraje que antes de que llegara a su mejilla, la limpió con rabia—. Tú lo sabes porque me conoces. La Luna de Miel que acabamos de tener en el Caribe fue un fracaso por eso.

—Oh, Dios... Nosotros pensamos otra cosa.

—En general la pasamos bien, pero en la cama era un fastidio. Se ponía a gritar como loco, rompía cosas. Me echaba la culpa a mí. Luego se salía a buscar putas.

La ex guerrillera paró la camioneta a la orilla del camino, a la sombra de un grupo de árboles de teca... Luego abrió la portezuela para que entrara aire y se explayó con Angie:

—Carajo, no sé qué pasa con la vida o qué me pasa a mí que cuando logro afianzar con alguien la felicidad nunca llega completa, siempre hay algo que me roba la dicha. Esto me encabrona, Angie —Brenda comenzó a golpear el volante de una manera salvaje—. Por eso me pongo de malas, ojalá que ahora no me tope con alguien porque me desquito con él.

—No lo puedo creer. Tan sano que se ve Juan Crisóstomo. Ahora, Brenda, te voy a decir que en Estados Unidos ya hay remedios para eso. No es definitivo.

—Lo sé y queremos ir a Texas como último remedio. Pero, ¿y mientras? Tú sabes que soy una mujer que se enciende rápido, que tengo muchos orgasmos y necesito que me tengan bien atendida...

—No te preocupes. Escápense a Estados Unidos un día de éstos. Hablen con Roberto.

—Claro que sí me preocupo, Angie. Nosotros vivimos al día, no podemos hacer planes ni para el fin de semana. Yo sé que hoy la libramos, pero mañana no sabemos qué pasará: la bala de un policía, un soldado o de una banda de enemigos y acaba todo. Lo que no hagas hoy ya no lo hiciste nunca. Ni tú ni yo somos amantes normales de hombres normales.

—Te entiendo muy bien, amiga. Eso he llegado a pensar también.

—Por eso le planteé demasiado claro el asunto al Naza, le dije que solamente había dos sopas: una, que cada quien se fuera por su lado, y la otra que no fuera celoso y me dejara tener mis desfogues con quien yo quisiera. O sea, le propuse que quería ser "una casada con permiso".

—¿Y qué te contestó?

—Se puso furioso, rompió los muebles de la habitación del hotel de Cozumel. No quiere dejarme, dice que soy la mujer que el destino le puso en su camino. Pero no está pensando en mí, sino solamente en él. Yo soy la que se tiene que fregar. Las cosas van a terminar mal: un día lo mato o me mata.

—Sería terrible porque al que quede vivo el Jefe lo acaba.

—Pero ya decidí. No voy a hacerle caso a Juan Crisóstomo. Me valen sus celos estúpidos. Soy de la idea de que hay que vivir el momento que tenemos antes de que se escape. Hoy es el día más importante de mi vida, amiga. En este negocio no sabemos si seguiremos viviendo mañana.

—Claro que sí... Te entiendo perfectamente y estoy contigo.

—Sólo falta que se encabrite de celos con don Roberto, porque ya se amoló la cosa...

—Eso sí estaría mal.

—Yo diría que terrible —le acarició la pierna a Angie y ésta inmediatamente le respondió con un beso en la boca.

—No te preocupes, me tienes a mí.

—Sí. Afortunadamente te encontré.

Brenda le acarició los senos. Cortó la conversación, arrancó el carro y volvió a la carretera. El resto del camino lo manejó en silencio. Así era Brenda, odiaba mostrar sus puntos débiles. Efectivamente, era una resentida —como pensaba Angie Drake—. Iba por ahí arrojando su vómito en la espalda de quien se dejara.

Reencuentro

Dos horas más tarde las dos mujeres ya estaban en el restaurante de Tomasito. Se asombraron de la cantidad de gente que se había involucrado en los trabajos de construcción de la iglesia. Por lo menos ya se habían trazado los cimientos con cal. Los materiales de construcción se amontonaban por todos lados. El Profeta estaba feliz contemplando el nacimiento de su templo cuando llegaron las mujeres. A Brenda ni se le alteró el pulso al ver a su esposo.

Tomasito saludó a Angie de beso y a Brenda también, pero a ésta le detuvo las manos entre las suyas:

—Es un placer que vuelvas a tu casa —le dijo meloso a Brenda con su mejor voz de profeta—, porque éste es el hogar del que nunca debiste haber salido. Pero te perdono.

—Vengo a trabajar, no vine a verte a ti —le contestó hosca—. Y no necesito tu perdón.

—La verdad está en el fondo de tu corazón. No puedes escapar a tu destino, Brenda. El Señor te ha tocado con su bendición a través de mí.

—Ya basta —la Comandante le aventó las manos con brusquedad.

—A qué hora nos vamos —preguntó Angie para distraer a Tomasito.

—Mañana antes de que salga el sol —contestó contento también de tener a Angie al alcance de su mano, a la que recorrió con su mirada.

—Bueno, entonces hay que instalarse para dormir.

Dicho esto, Angie cargó su saco de dormir y entró al restaurante. En ese momento salieron las esposas y saludaron amablemente a la nicaragüense.

A una seña del Profeta quedaron solos Brenda y Tomasito:

—¿Ordeno que preparen la cama para los dos? —preguntó Tomasito, mientras la abrazaba fuerte y arrimaba su bajo vientre al cuerpo de ella.

Brenda de inmediato reconoció el animal que despertaba en el pantalón del Profeta.

—Mira, mejor ya párale porque si no te voy a propinar una golpiza —contestó ella al tiempo que se zafaba de los brazos del ladino.

Tomasito estuvo riendo unos segundos, luego recordó:

—Antes te gustaba...

—Pero ya no. ¿Por qué no me dejas en paz? Ya resígnate.

—¿Resignarme? Nunca. Tú sigues siendo mi esposa ante la ley de Dios.

—De "tu" dios y de "tu" ley, pero no del mío ni de mi ley.

—Estás muy equivocada y no quiero hacer valer mis derechos de esposo ante la comunidad de creyentes porque a todos nos iría mal.

—Dices bien... Habría muchos muertitos por aquí. Eso no te conviene.

Café con panela

Mientras Brenda y Tomasito discutían afuera, Angie aprovechó para hablar por teléfono celular con don Roberto Hart. Para ella esto no era traición, aunque al mismo tiempo sí lo fuera. Estaba siguiendo al pie de la letra las instrucciones que el Jefe le había dado: tenerlo al corriente de todo lo que hicieran o dijesen Brenda y Tomasito. Don Roberto le había exigido: "Cuéntame todo, todo. Los chismes sobre todo son importantes".

Pese a su colmillo retorcido, el Jefe no anticipó que Angie también tenía su manera particular de ser: ella pensaba cumplir las órdenes, pero "sin cumplirlas". Esto es, la chica estadounidense informó al Jefe, pero no todo..., le habló de la enfermedad de Juan Crisóstomo Zurita —lo que alarmó a Roberto— y de las dificultades que habían surgido en la relación entre Brenda y el Naza. Pero jamás habló de que ella y Brenda ya eran amantes. Por eso en el informe le cargó más la mano al Capitán Zurita. Así, Angie se permitió dar su opinión sobre lo que pasaba y aventuró un pronóstico: que la ruptura entre los dos estaba muy cercana. Y agregó:

—Como su enfermedad avanza, el Capitán empieza a estar celoso de ti.

—¿Más? Ya tomé precauciones. ¿Y luego?

—Mira, Roberto, yo quiero mucho a Brenda, pero no puedo dejar de comentar que está cambiando bastante. Pienso que se está desquiciando. Y es natural que suceda, creo que es porque ya no tiene ningún interés en la vida... Tú has visto que sus ideales hace tiempo que se desmoronaron.

Además dice que le encanta matar. No le importa si elimina a diez o veinte personas...

Del otro lado se escuchó que Roberto lanzaba una risotada:

—Pues justamente es lo que queremos, pendeja. De eso se trata.

—¿Cómo?

—Sí. Necesitamos a una Brenda desquiciada, sin sentimientos. Una maquinita de matar. Mientras más sean los muertos, mejor. Tú síguela de cerca. Es más, hasta deberías aprender de ella, es un demonio con tetas.

A las cuatro de la mañana del día siguiente la caravana de camiones y camionetas se preparaba para salir rumbo a la frontera. Una hora antes, una docena de familias había llegado a la iglesia: mujeres, hombres, jóvenes, niños y viejos, habían asistido a misa y recibido la bendición del Profeta.

Dado que en una parte de la misa los jefes de familia tenían oportunidad de decir unas palabras, la mayoría coincidió en que necesitaban dinero para comprar maíz, frijol y pepita de calabaza, para el consumo familiar. Por lo que, de un montón de billetes que estaban en una caja de cartón sobre la mesa, Tomasito repartió dinero sin necesidad de firmas, sólo con la confianza de que ellos eran sus "discípulos".

Unos cuantos, Tomasito, Angie, Brenda y los guardias del Profeta y de don Roberto, se fueron en las camionetas todoterreno, pero el grueso subió a los camiones de redilas. Estos últimos harían el viaje de pie, agarrados a las laterales de la caja de los vehículos.

Brenda ya conocía este camino que transitó en calidad de esposa del Profeta, lo tenía grabado en la memoria aunque Tomasito era bastante listo y casi siempre cambiaba la ruta para despistar a sus enemigos. Se metieron a la selva hasta donde las condiciones del terreno y el río Usumacinta y sus afluentes lo permitieron. Después de dos horas llegaron a una ranchería rodeada de vegetación. Brenda no conocía este camino. De inmediato se oyó un coro de perros bravos, cuyos cuerpos esqueléticos contrastaban con las decenas de niños panzones por las lombrices. De las champas empezó a salir más gente. Los pequeños corrían con sus piernas arqueadas a causa del raquitismo, mientras las mujeres —sobre todo las jóvenes o mejor dicho, casi niñas de diez o doce años— se movían pesadamente a causa de su embarazo.

A esa hora ya estaban encendidos los fogones que eran de dos tipos: de piedras dispuestas en redondel en cuyo centro se depositaba la leña o bien metálicos hechos con un tambo de petróleo de lámina de acero con un improvisado respiradero en forma de rectángulo. Encima de ambos tipos de fogones descansaban unos comales enormes también de lámina en los que cocinaban las tortillas de unos veinte centímetros de diámetro. Gruesas, olorosas, dulces por las mieles del maíz. Sobre cada tortilla las indígenas iban depositando una cucharada de frijoles aguados, no muchos para que alcanzara para todos. Las mujeres del rancho también acercaron a los fogones ollas de barro llenas de café con panela que después repartirían entre los recién llegados. La neblina de esa hora se combinaba con el vapor que salía de las bocas. Las imágenes eran fantasmales, pero el ambiente era de jolgorio. Tomasito se la pasaba riendo con sus discípulos y les impartía bendiciones. El grupo del Profeta daba la impresión de formar parte de una peregrinación religiosa que iba rumbo a algún santuario y no de pertenecer a una cofradía de contrabandistas, como realmente eran. Dejaron los vehículos al cuidado de los pobladores de esa ranchería que no pasaba de tener unas diez casas. Los niños estaban felices de tener a la mano los camiones, de los que subían y bajaban riendo en todo momento.

Brenda hizo un cálculo y pensó:

—Éste es el mundo de Tomasito Aranda, quitarlo de en medio va a ser muy difícil a menos que me haga pasar por una diosa de los mayas.

La gente se empezó a reagrupar para la misa en la que Tomasito era la figura central. Comenzó a hablar en maya y pareció que el grupo de indígenas estuviese escuchando de verdad la voz de un profeta celestial.

Laguna del Tigre

Brenda estaba extasiada mirando el paisaje de la selva del Petén, el que nunca se cansaba de admirar. Contempló cómo la primera claridad de la mañana iba descubriendo lentamente como si se tratara de un telón gigantesco la exuberante vegetación, las montañas que parecían esculpidas en hierro, las miles de aves que volaban en parvadas haciendo un ruido infernal. De repente Brenda fue sacada de su embeleso por la voz firme del Profeta:

—A partir de aquí vamos a tener que caminar. Los hombres con armas irán unos adelante y otros atrás del contingente. Todos los demás avanzarán en medio hasta llegar a la Laguna del Tigre.

Caminaron unas tres horas en medio de la densa vegetación. Las lomas empinadas era lo que les costaba más trabajo remontar. Al llegar a un claro en la selva, una serie de chiflidos empezaron a cruzarse, de tal modo que los que sabían entender este lenguaje tradujeron que el paso estaba libre. Unos cien metros adelante salieron a recibirlos otras personas, indígenas todos, de un ranchito compuesto de casas de techos de palma y paredes de carrizos y ramas revestidas con barro. Éstos eran más pobres que los pobres del anterior rancho. Un montón de chamacos mocosos los miraban desde lejos, pues los fuereños les daban miedo.

Las mujeres ofrecieron pinole a los recién llegados y un poco de café con panela. Otra vez se inició la ceremonia de bienvenida, especialmente para Tomasito. Brenda no quiso nada, solamente tomó agua de su cantimplora. Estaban contentos de ver a su líder espiritual. El Profeta les regaló a los pobladores unos cuantos dólares por el café y les prometió que les daría más si lo acompañaban cerca de la Laguna del Tigre a trabajar un rato. La gente aceptó y lo siguieron de buen modo. Únicamente quedaron atrás los patojos, los niños. Más adelante Tomasito le comentó a la Comandante que estas personas ganaban unos trescientos pesos al año trabajando como peones, pero con lo que él les daba obtenían diez veces más.

Brenda trató de mezclarse con ellos y de platicar sobre todo con las mujeres para que la fueran conociendo y agarrando confianza, tal como le habían enseñado en la guerrilla que se debía hacer. Su idea es que la próxima vez que pasara por ahí, ya sin Tomasito, no le fueran hostiles. Sin embargo, se llevó un chasco porque la inmensa mayoría hablaba *quekchi* y solamente uno o dos algo de español.

Como a las once de la mañana llegaron cerca de la Laguna del Tigre. La serpiente humana que había transitado por esa vegetación espesa —inmersa en un calor húmedo, como si se hubiesen metido en un bote de tamales—, estaba visiblemente agotada. Descansaron, comieron pinole y bebieron agua. Después de unos treinta minutos, Brenda, Angie, Tomasito y sus guardias, más cinco hombres de apoyo que había mandado don Roberto se adelantaron. Como a doscientos metros se toparon con un gran claro a las orillas de un ancho río. En una franja de arena descubrieron que estaba estacionada una avioneta. Los hombres de escolta tomaron posiciones apuntando sus armas hacia la aeronave. Al acercarse más vieron que de entre la vegetación apareció el piloto, quien desde lejos les explicó que el cargamento que traía era para don Roberto Hart. Brenda contestó que ella venía en su representación. Entonces el piloto se acercó.

—Bueno, pues hay que descargar la avioneta y desaparecer antes de que lleguen los soldados o los carroñeros —dijo el piloto, un tipo con acento argentino.

Entonces mediante chiflidos llamaron a la gente que descansaba en la espesura...

—Ayuden a descargar —les ordenó Tomasito en su idioma.

De inmediato, entusiasmados todos, se pusieron a trabajar: hombres y mujeres formaron una cadena para bajar los paquetes. Así, iba pasando de mano en mano la mercancía, y pronto quedó apilada en el suelo tapada por la vegetación. La avioneta venía repleta de cocaína y mariguana en paquetes muy bien forrados con plástico. Tomasito Aranda contó cuidadosamente la carga e hizo una anotación en un cuadernito, tantos de una cosa, tantos de otra... Los bultos que bajaron de la avioneta son los mismos que debían llegar cerca de Tenosique. Los indígenas fueron echando la mercancía en sacos de manta o de tela sintética —ésa con la que se confeccionan los costales para el abono— a la espera de emprender el regreso a pie.

El piloto también les avisó que en unos minutos llegaría otra avioneta y que con esto se completaba el cargamento. Y dicho y hecho, a los pocos minutos bajó un aparato más. Una vez que terminaron de descargar la segunda aeronave, los pilotos les ordenaron a todos que se alejaran del sitio. Luego rociaron con gasolina los aparatos y les prendieron fuego.

—Para que no quede ninguna huella —gritó, mientras reía, el hombre que hablaba como argentino.

El piloto contó a Brenda en voz alta:

—Caray, señora, si pudieras ver vos la cantidad de avionetas quemadas que hay a lo largo de este río... Desde arriba parece un depósito de chatarra.

Luego los dos pilotos recibieron su pago: una mochila llena de dólares que Brenda había traído cargando desde el rancho Las Moras propiedad de don Roberto y de la cual no se separó ni para ir al baño.

—Tienen que largarse rápido —gritó el segundo piloto—, porque las llamaradas van a atraer a otras bandas que querrán quitarles los paquetes.

Y los dos hombres se perdieron en la espesura rumbo a La Libertad, la ciudad más cercana.

Todavía tenían muchas horas de luz antes de que anocheciera, pero de todas maneras decidieron emprender el camino de regreso de una vez. A su encuentro iban saliendo pequeños grupos armados, eran carroñeros que de inmediato reconocían a Tomasito. Hablaban un rato con él, éste les daba dólares y se despedían en paz. A algunos de los hombres hasta les otorgaba la bendición.

Antes de que cayera la noche acamparon. Brenda les enseñó a poner una especie de camas en los árboles, dado que para dormir era más seguro estar arriba que abajo, sobre todo por los animales salvajes. Les advirtió —y Tomasito tradujo— que los paquetes los debían proteger como si fueran ellos mismos; que quien fallara se iba a atener a las consecuencias por lo que señaló su Beretta. Todos obedecieron. Abajo, a prudente distancia de las improvisadas camas de ramas y hojas de palma, encendieron algunas fogatas para ahuyentar a los animales. Tomaron café con panela, pinole y tortillas secas.

Pasaron las horas. Esa noche Brenda no podía dormir a pesar del cansancio. Algo en su interior se removía, algo que la hacía sentir muy inquieta. Por lo que en un momento dado decidió ir al arroyo a mojarse el cuerpo. Se había despojado de la camiseta y el sostén. Al llegar a la orilla se sorprendió de escuchar unas voces que hablaban como secreteándose. Al principio creyó que eran ruidos de la selva, pero no: eran voces humanas. Sacó la Beretta y avanzó con mucho cuidado. Se detuvo de golpe al identificar las voces como gemidos. Temiendo que les quisieran robar la mercancía le quitó el seguro a su arma. Antes de dar la voz de alarma encendió su linterna sorda. Esto le permitió ver a Angie Drake con los senos al aire hincada frente a Tomasito. La cara del Profeta era la máscara de la lujuria.

Al verlos plenamente, Brenda sintió una descarga de energía en su bajo vientre. Sin poder controlarse y sin pensarlo más, caminó decidida hacia donde estaba la pareja. Ambos voltearon a verla. Angie con la boca llena le alcanzó a sonreír a la luz de la linterna. Tomasito le hizo una seña a la Comandante para que se incorporara a la fiesta. Finalmente, ella también se fue a arrodillar.

La tabla

Después de la primera excursión con Tomasito Aranda, Brenda y Angie, regresaron contentas al rancho de don Roberto. Aunque el más contento fue Juan Crisóstomo al ver de nuevo a su amante. Sin embargo, antes de que pudiera abrazarla, Roberto apartó con brusquedad a las mujeres para interrogarlas. Algo andaba mal sospechó Brenda con ese sexto sentido que tenía.

—Las felicito por lo que hicieron, estuvo muy bien, los paquetes llegaron a salvo y completos. Ya están en camino a Estados Unidos y el dinero de ustedes pronto estará depositado en sus cuentas allá también.

Entonces Roberto empezó a preguntarles minuciosamente por el tipo de terreno, las personas que encontraron, qué armas llevaban. A todo esto las mujeres respondieron con precisión. El Jefe les informó que por su parte el Naza había liquidado con sus sicarios a unas dos docenas de miembros de otras bandas y que la orden que le dio era seguir hasta acabarlos. Sin embargo, cuando ellas ya creían que se podían ir a celebrar, el Jefe tocó el último punto, el más delicado. Roberto fue al grano:

—A ver, mamacitas, tengo información de que ustedes y Tomasito se estuvieron "comiendo" durante el viaje. Y eso está de la chingada.

Angie y Brenda se quedaron frías. Luego, don Roberto siguió machacando:

—Miren, a mí los cuernos me tienen sin cuidado. Lo que me importa es la Organización. Advertí muy claramente qué cosas no se valían. En el caso de Angie —la jaló fuertemente del cabello y la sacudió— cuando yo quiera esta putita se larga a la chingada, ya sea por sus propios pies o adentro de una bolsa del servicio médico forense. Y puedo conseguir otra fácilmente...

Angie no gritó, solamente gimió cuando le dio un golpe en el estómago que la dejó sin aire. Brenda no movió ni una pestaña. Pero parecía una pantera a punto de saltar sobre el Jefe.

—Y tu caso, Brenda, es lo que más me preocupa —dijo rabiando—, porque si el Naza se llega a enterar de esto vamos a tener un lío fenomenal. No únicamente se va a lanzar contra ti, sino que va a ir a buscar a Tomasito y esto va a dar al traste con el negocio, justo cuando está a punto de levantarse. ¿Se dan cuenta de la estupidez que cometieron? —subió la voz, ya enfurecido.

Angie no contestó solo se mordió los labios y veía insistentemente a Brenda para que ella saliera a defender lo indefendible. Luego agachó la cabeza un instante y en el momento en que la volvió a levantar sintió un bofetón que la depositó en el piso. Cayó como una muñeca de trapo.

—No lo puedo creer: hacen una cosa bien, y luego la echan a perder por putas —Roberto empezó a caminar por la sala resoplando como un toro.

Las mujeres no respondían. Angie se quedó tirada en el piso tratándose de reponer del golpe. Brenda continuaba sin hablar aunque en el fondo estaba convencida de que la había "regado". A diferencia de Angie, ella no daba señales de tener miedo, que es lo que más enfurecía al Jefe. Entonces Roberto empezó a azotar cosas en el piso, aventó el teléfono, luego un radio, tiró la televisión, pateó varias mesitas... Aquello se volvió un manicomio.

—Me valen sus puterías, pero no me van a echar a perder el negocio. Antes las mato a las dos —seguía gritando como loco.

Luego de unos minutos ambas salieron de la casa para dar tiempo a que don Roberto se calmara. Angie iba lívida y con la boca rota; a Brenda le valía todo. Afuera encontraron a Juan Crisóstomo, quien se acercó a ver qué sucedía. Brenda lo calmó, le dijo que todo estaba bien, que sólo fue un malentendido, que se tranquilizara. El Naza aceptó las palabras de las mujeres y juntos, los tres, se fueron a dormir. Angie y Brenda se durmieron abrazadas. Ya en la noche volvieron junto con el Naza a buscar a don Roberto para pedirle perdón. El hombre se hallaba más calmado. Les ofreció una copa a los tres. Y les advirtió:

—Borrón y cuenta nueva... No me fallen. Perdono una, la otra no. Ese día bebieron hasta el amanecer. Angie y Juan Crisóstomo se atascaron de cocaína, anfetas, y además se saturaron del alcohol, como una forma de quitarse la tensión. No así Brenda y Roberto que con sólo las pastillas quedaron aletargados sumidos en un estado entre sueño y vigilia. Angie se quedó tirada en el piso cerca de la puerta. El Jefe aprovechó la inconsciencia del Naza, quien se había quedado despatarrado en un sillón, para meterle mano a la Comandante a su antojo, con vulgaridad. Sentía un placer endemoniado tener al amante celoso enfrente de él mientras tomaba a su mujer. Roberto se engolosinó con sus senos, los estrujó, pellizcó, los estuvo chupando escandalosamente hasta enrojecerlos. Pero se quedó dormido, con los pantalones bajados hasta los tobillos, antes del coito. Brenda no se opuso a nada de lo que le hizo. Ese día supo que las cosas iban a empeorar y se preparó para ello. Naturalmente que, por su boca, el Naza no se enteraría jamás de lo que ahí pasó.

Dos semanas más tarde, el segundo viaje para recoger droga resultó más complicado porque Tomasito cambió la ruta. Aunque de todas maneras fue un éxito porque, entre otras cosas, el Naza y sus sicarios habían limpiado el camino. El nuevo depredador de la selva dejó entre la tupida vegetación varias tumbas clandestinas y un costal de manos cercenadas que arrojó a los perros.

De regreso al templo del Profeta éste quiso iniciar otra sesión de amor con Angie y Brenda, pero la Comandante le advirtió que esta vez no habría nada, que antes tenía que disciplinar a unos chismosos que había en el grupo. El Profeta se sintió alarmado, pero la Comandante lo tranquilizó:

—Tú no intervengas —le advirtió con energía—. Veas lo que veas. Te juro que no voy contra ti ni contra tu gente.

Luego le dijo a Angie:

—Y tú, como te dije, sígueme el juego y participa con ganas.

Más tarde, cuando se sentaron a comer a la sombra de unos árboles gigantes, Brenda hizo llamar al grupo de apoyo que les había impuesto don Roberto. Los cinco hombres se acercaron para ver qué necesitaba. Al llegar el grupo, ella los encañonó con su AR 15, mientras Angie les quitaba las pistolas. Con coraje la texana los fue amarrando de las muñecas mientras los hombres protestaban y preguntaban qué estaba pasando.

—Se perdió un paquete de cocaína —contestó Brenda de manera seca.

—No se hagan pendejos —gritaba Angie.

—Tiene que aparecer... yo sé que fueron ustedes. Voy a contar hasta tres para que me digan quién fue, si no lo hacen se atienen a las consecuencias —advirtió furiosa la Comandante.

Los hombres se defendían diciendo que no era así, que llamaran al Profeta y a los "pinches indios" para aclarar las cosas. Ellos son los ratas. Al oír el escándalo, la gente se empezó a acercar. Con ojos desorbitados veían la escena, mientras Tomasito traducía a su lengua lo que la Comandante estaba diciendo. Cuando supieron que los hombres de don Roberto los estaban incriminando a ellos en el robo, los discípulos del Profeta enfurecieron.

—Nosotros sabemos cómo es el negocio —repuso uno de los matones—, la mercancía no se toca. Son esos mugrosos indios muertos de hambre.

—Con un carajo. No fueron ellos. Ya investigué y sólo faltan ustedes por declarar. Así que más vale que vayan confesando, porque si no hasta aquí llegaron. Los aviento a todos juntos en un pantano y ya estuvo.

A los guardias de don Roberto los hincaron de cara a un muro del nuevo templo del Profeta, les desnudaron la espalda y les mantuvieron amarradas las manos por delante. Angie los tenía encañonados. Luego, Brenda agarró una tabla bastante resistente de las que usan en la construcción. Y uno por uno los fue "tableando" en los riñones.

A pesar de que los castigados eran gente ruda, los golpes les causaban estragos. Los hombres trataban de no gritar para mostrar que eran muy machos, y al principio hasta reían, pero los pujidos y gemidos cada vez fueron más fuertes, y algunos comenzaron a derramar lágrimas.

—Me van a decir en dónde está ese paquete o los dejo sin riñones y con la columna de fuera, hijueputas —les gritaba mientras los tablazos alarmaban a la gente de Tomasito.

La espalda de los hombres tomó un color rojo encendido. Después fue una masa con sangre. Mientras Angie seguía apuntándoles con una pistola. Diez, veinte tablazos a cada uno. Luego de varias rondas de golpes, los cinco quedaron tirados. Por la mañana, Brenda se acercó a ellos para desatarlos y les dijo con toda calma como si nada hubiera pasado:

—Encontramos el paquete que faltaba, pero ni crean que los tablazos fueron en vano. A todos ustedes ya les faltaba una lección de disciplina.

Los hombres guardaron silencio. No se atrevieron ni a mirar a la Comandante.

—Les voy a enseñar lo que es disciplina y lo van a agradecer —les hizo un ademán para que se pararan—. Por eso de mata-nacos no van a pasar.

Me vale

A ngie Drake miraba con sincera preocupación que su mejor amiga, su protectora y amante, estaba siendo demasiado ruda. Entonces recordó algo que el Naza le había dicho una vez: que a los mexicanos se les debe manejar con "la mano izquierda". Esto le provocó dudas, por eso en un tiempo de espera para emprender otro viaje al Petén, la texana se atrevió a preguntarle a Brenda:

—Oye, explícame una cosa, aquí en México qué significa tratar con la mano izquierda.

—Muy simple: es tratar bien a la gente y más que bien, consentirlos, apapacharlos, aunque no se lo merezcan.

—Oh, no. ¿Cómo puede ser eso? Es muy enredado...

—Pues qué quieres, así son los mexicanos; son como el quesillo de Oaxaca —exclamó cortante y con el semblante agrio.

Para aprovechar el momento, Angie quiso ahondar en la actitud reciente de Brenda porque había cosas que de plano le daban miedo. Las dos estaban sentadas sobre un murete de piedra que daba hacia una barranca. Ambas tomaban de café con canela. Bajo sus pies, a lo lejos, en la barranca se había formado un tapete de neblina. Angie abrazó a Brenda por los hombros, luego hablándole bajito siguió preguntando:

—Brenda, algo te preocupa y no me quieres decir. Te guardas la bronca que traes y eso te está envenenando. Yo no quiero juzgarte, sólo pretendo que si me tienes un poco de confianza me digas, para ver si te puedo ayudar.

La nicaragüense se le quedó mirando extrañada, pero al ver los ojos tiernos de Angie terminó por darle un beso cortito en la boca:

—Pasan muchas cosas, Angie...

—Cómo cuáles —la texana se puso contenta de que le contaran.

—Es que no sé ni cómo explicarlo —acompañó sus palabras con un ademán desesperado.

Transcurrieron un par de minutos antes de que Brenda comenzara a hablar de nuevo, como que le costaba muchísimo trabajo platicar cosas de ella. No porque fuera un ser frágil, sino por motivos de seguridad. En su país, donde perteneció a la guerrilla en los días difíciles del régimen de Anastasio Somoza, la vida podía ponerse en peligro si los combatientes clandestinos se iban de la lengua con algunas confidencias. No importaba si eran familiares, amigos o amantes, la regla era no dar a la gente información que no necesitara. Sin embargo, eso que parecía bien para la Comandante era desesperante para la texana.

—Son cosas que te voy a decir, Angie, no importa que se las cuentes a Roberto.

—Brenda, yo no...

La nicaragüense le tapó la boca sin violencia, suavemente: puso la palma de su mano sobre sus labios, los que sintió frescos, deseables:

—No, no digas nada. Yo lo sé. Estoy enterada de que le tienes que reportar al Jefe todo lo que yo haga o diga, pero no te juzgo, no está mal, así debe ser... Son órdenes y las órdenes se cumplen.

Entonces Brenda hizo una jugada maestra: le clavó un dardo en el corazón bajo la forma de una frase sentimental:

—Aunque quiero dejar a tu conciencia si le vas a reportar todo —en este punto se le quedó viendo fijamente a los ojos y la vio titubear—, incluso aquello que me perjudique.

Angie reaccionó y con voz suave dijo:

—Tú sabes que yo no te dañaría con nada. Así me vaya la vida en eso.

—Nunca prometas lo que no puedas cumplir.

—Si lo prometo es porque lo voy a cumplir.

—Está bien. Mira, lo que sucede es que yo no provengo como el resto de la Organización de grupos de matones o que se dedican al trafique de drogas. No es que me sienta superior, eso quiero que quede claro. Pero sabrás que si a mí me persiguen y tengo cuentas pendientes con la justicia de mi país es por motivos políticos. Cuando tenía doce años tomé conciencia de que los jóvenes debíamos cambiar el mundo.

—Qué bien, pero...

—Para lograr esto, puse en juego muchas cosas. Entré a la guerrilla que es un lugar muy difícil para todos, pero en espacial para las mujeres. Sacrifiqué todo lo que una jovencita quiere en la vida a esa edad... y todo por la lucha.

—¿La lucha?

—Combatir al tirano de mi país.

—Ah, vaya.

—Y después de tantos años de arriesgar mi vida varias veces resulta que ahora no soy nadie, que ninguno me reconoce ni me respeta. Me siento fuera del mundo. En mi país recibí el trato de una traidora. Me persiguen. Estoy sentenciada a muerte. Aunque los traidores son ellos. Son ellos los que roban, matan. Por eso los odio.

—Qué grave está eso...

Angie se quedó callada, fijó la mirada en el azul infinito sin acertar a decir si estaba de acuerdo o no con Brenda. Era claro que en algunas cosas la nicaragüense tenía razón, pero en otras no. En realidad debía confesar que muchas ideas que Brenda exponía Angie no las podía secundar porque hasta hoy ni siquiera había pensado en ellas.

Angie había nacido en Houston dentro de una familia estadounidense de clase media. Su mundo se circunscribía a comprar todo lo que deseaba y a la diversión extrema: beber alcohol, retacarse de drogas y tener todo el sexo que pudiera. Si el mundo marchaba, qué bien, si no, peor para el mundo.

Brenda rompió el silencio: ¿te acuerdas de esa canción de Los Beatles que se llama "Hey Jude".

—Sí. Era de mis favoritas y aún lo es... Recuerdo que mis amigas y yo —dijo Angie con la cara iluminada por el recuerdo— nos encerrábamos en mi cuarto a oír esa canción a todo volumen y a fumar mariguana. La repetíamos quince o veinte veces. Los vidrios de mi cuarto casi se rompían. Eran tardes muy divertidas. Terminábamos riéndonos de todo, hasta de la mosca que pasaba. Esas veces quedábamos con los ojos rojos, la cara verde y el cuarto lleno de humo como si se estuviera quemando la cama.

—Pues ya me cansé de cargar el mundo sobre mi espalda como la Jude de la canción.

—Con las broncas que uno tiene es suficiente, Brenda.

—¿Y sabes qué? Porque por muy fuerte que puedas ser, tanto peso al final te quiebra. Sobre todo cuando te das cuanta de que la que está mal eres tú por preocuparte de un mundo que a nadie le interesa. Por eso he decidido no angustiarme más —la sujetó del brazo con fuerza, las palmas de las manos humedecidas por la emoción—. Definitivamente se acabó la Brenda estúpida.

De sopetón la Comandante dejó de hablar. Angie esperaba entender más cosas de la mujer que tenía enfrente y de la que estaba enamorada, pero algo en el interior de Brenda cerró las compuertas de sus pensamientos y ya no dejó salir ni una sola palabra más.

—¿Por qué callas, Brenda?

—Es todo lo que te puedo decir, amiga. No es desconfianza, son razones de seguridad personal.

—No. Aclárame más... ¿Ya no te importa acabar con los tiranos?

Brenda se le quedó viendo directamente a los ojos, le clavó la mirada como de halcón. La estadounidense sintió un escalofrío que le corrió por la espalda. Se frotó los brazos con energía como si de repente le hubiese acometido un viento helado. Agachó la cabeza y se acurrucó en los pechos de Brenda para evitar el impacto de esos ojos de acero, pero Brenda le levantó la cara con un movimiento enérgico de su mano. En esta posición sostuvo la barbilla de su amante y le habló:

—Te lo voy a decir sólo una vez. Si tú me preguntas por la justicia, te quiero responder que no me importa... Si los niños no tienen qué comer, me vale... Si se mueren de enfermedades, me vale... Si maltratan a las mujeres, me vale... Si se acaba la selva, me vale... Si los jóvenes se envician con la droga que les vendemos, me vale. ¿Entendiste? —gritó al tiempo que la sacudía del brazo como desesperada.

Angie abrió los ojos muy grandes y dejó de respirar a causa del miedo:

—Traes muchos demonios en el cuerpo, Brenda...

—No sabes cuántos.

—Es muy triste lo que te pasa.

—Más bien es deprimente: ahora pertenezco a la mayoría del "me vale".

Duendes en el camino

Semanas después el grupo realizó una más de sus travesías por la selva, curiosamente, por la misma ruta que Brenda había caminado la vez que ayudó a la gente de don Roberto a huir del rancho Los Aluxes cuando los perseguía el Ejército guatemalteco. Esta vez el viaje estaba resultando tranquilo. La placidez del momento hizo que la Comandante recordara cuando conoció a Juan Crisóstomo Zurita Nazareno y probó por primera vez la pulpa perfumada del fruto del cacao. Una delicia que volvió a saborear en su memoria.

Siguieron caminando. Y hacia el final de la jornada pasaron muy cerca de donde había estado el rancho de don Roberto. Ahora se miraba solo, sin movimiento. Las bodegas y las caballerizas, quemadas. Brenda le preguntó a Angie que si se acordaba del lugar. Angie exclamó que sí. Se puso a reír como loca. Luego uno de los adeptos del Profeta les contó que cuando llegó la policía y el Ejército de Guatemala los vecinos —y los propios uniformados— se repartieron el botín. Se llevaron los animales, las trilladoras, los tractores, muebles, semillas, plantas de luz, alimentos que estaban en la despensa... Bueno hasta las cortinas y los tapetes del baño. Parecían hormigas saqueando otro hormiguero.

A pesar del esfuerzo por caminar de prisa, la noche se les vino encima. Faltaba una jornada más para llegar a la Sierra del Lacandón. Así que Brenda y Tomasito dieron la orden de acampar porque era muy peligroso continuar a oscuras. Había varios grupos guerrilleros guatemaltecos antigobiernistas, bandas mexicanas, soldados...

Al caer la noche, como ya era costumbre, Tomasito, Angie y Brenda se separaron para realizar su ritual de sexo. La estadounidense observaba la escena mientras se auto excitaba. Brenda era la lujuria total, estaba muy entretenida con Tomasito cuando súbitamente se escucharon unos silbidos. Luego unas risitas burlonas surgieron de la maleza. El ruido la distrajo. Entonces tuvo que gritar:

—¿Otra vez? Patojos de mierda.

—Qué —preguntó Angie, mientras se bajaba la playera.

—No puede ser, los chamacos latosos... Los que nos robaron la ropa y la pistola a mí y al Naza.

—¿De qué hablas? —preguntó Tomasito, muy molesto, porque habían interrumpido la sesión de amor.

Angie recordó lo que les había dicho la cocinera de Roberto:

—Dicen que son aluxes y quieren que les demos regalos.

—¿Aluxes? —preguntó Tomasito—. Ésas son supersticiones, es paganismo. Mi religión no lo tolera. ¿No sabes que hay pericos que se ríen y víboras que chiflan?

—Qué van a ser animales. Son unos chamacos majaderos, hijueputas. La vez pasada tuve que caminar encuerada hasta el rancho de don Roberto, por culpa de ellos.

Brenda se levantó, se limpió a manotazos la arena que ensuciaba sus piernas, se puso de nuevo la blusa y ya salida de sus cabales comenzó a gritar:

—Paren de molestar patojos de mierda.

Pero por toda respuesta recibió una andanada de piedrecitas que la pusieron más furiosa:

—Una piedra más y me la pagan...

Las voces se apagaron, pero una rama le pegó en plena cara. La mujer enfureció, sacó la pistola y disparó tres veces hacia el lugar donde salían los ruidos. Después de eso, todo quedó en silencio. Esperó una respuesta, pero ya nada se produjo.

Después de esto, Brenda se retiró a su cama de ramas en el árbol. Tomasito se quedó furioso. De lejos, la Comandante gritó:

—Lo siento mucho, ya se me quitaron las ganas —fue lo único que se le ocurrió decir.

A la mañana siguiente como a las ocho llegaron al sitio indicado para la entrega de los paquetes, a la orilla del río Santiago. Estuvieron esperando varias horas hasta que se oyó el inconfundible ruido de una avioneta y luego otras dos. La primera clavó el pico en la arena y se averió, pero las otras aterrizaron perfectamente.

Antes de incendiar los aparatos como era la costumbre, los pilotos sacaron una lancha de goma de la mochila, la inflaron y luego de recibir su paga escaparon por el río.

Ya habían recogido la mercancía, pero faltaba todavía un buen tramo para llegar a los camiones y los vehículos todoterreno que dejaron en un rancho. Todo ese día lo emplearon en desplazarse. Al llegar a un caserío les avisaron que un grupo de hombres armados andaba cerca del lugar, que se cuidaran.

Brenda ordenó de inmediato que se pusieran todos en fila india y a los lados dispuso que marchara la gente armada. Ordenó que ante cualquier ataque se debían tirar al suelo y que poco a poco se irían retirando siempre moviéndose por en medio de las dos filas de guardias. El último de la columna era el primero en salir. A eso —les dijo y lo tradujo Tomasito—, se le llama túnel.

Una hora más tarde después de *faldear* un cerro lleno de vegetación escucharon el canto de un extraño pájaro. A Tomasito y otros indígenas se les hizo raro, por lo que se acercaron a la Comandante para avisarle que ese canto no era de ave sino una señal, tal vez de un grupo enemigo.

Como la señal se repitió. De inmediato Brenda ordenó que se detuvieran en seco. Al instante todos se arrojaron al suelo y protegieron los paquetes con su cuerpo. La gente de Brenda hizo el "túnel". La fila de indígenas quedó flanqueada por los hombres armados de la Comandante que apuntaron sus fusiles automáticos AK 47 y AR 15 a izquierda y derecha del camino por donde iban. Los indígenas poco a poco se retiraron arrastrándose. Luego, en voz alta, Tomasito se identificó, les dijo que eran amigos, gente pacífica de Amatlán y Tenosique. En ese momento se produjo la primera descarga de fusil. Sólo tronchó ramas y agujereó troncos, pero produjo un estruendo espantoso. Lo que hizo que un indígena se asustara tanto que salió corriendo sin agacharse. Entonces una ráfaga de fusil automático le pegó en la espalda. El impacto lo levantó del suelo como un metro.

Los hombres de Brenda respondieron al fuego desde su posición. Luego uno por uno los indígenas se siguieron retirando, tal como les habían enseñado, sin levantar la cabeza y sin soltar los paquetes. Los disparos continuaron por varios minutos, lo mismo que la respuesta que esperaba descubrir el sitio donde se producía el fogonazo. Cuando localizó el sitio de donde provenían los tiros, Brenda indicó la posición y ordenó una cortina de balas sobre el blanco. A su señal, todos sus hombres dispararon al mismo tiempo sobre el sitio desde donde los atacaban. Produjeron un ruido infernal. Se oyeron gemidos y gente que salía corriendo dando gritos de retirada. Luego se hizo el silencio, un silencio pesado, tenso, que en estos casos, después de un combate, resulta enloquecedor. Nadie se movía ni respiraban y hasta los pájaros habían dejado de cantar.

Pasaron unos segundos más, Brenda saltó a la espesura caminando en cuclillas como "patito" seguida por sus hombres que en esto la imitaban. Descubrió entre la vegetación media docena de cuerpos. Ordenó que aseguraran a los heridos, los que se retorcían entre la hierba. Y alcanzó a ver que un grupo huía. Brenda empezó a correr tras ellos para cortarles el paso como si un espíritu infernal se hubiese metido en su cuerpo, o como si quisiera que la mataran en ese mismo instante.

Las balas silbaban buscando su cuerpo. No le importaba. Los enemigos no tenían precisión. Cuando los tuvo a tiro, los acabó, su puntería fue determinante. A todos los fue rematando con un disparo en la cabeza de la Beretta .450 para estar segura de que ya no la molestarían en esta vida. Eran cinco, vestidos de manera irregular, pero con buenas armas automáticas y mejores radios y relojes.

Minutos después llegaron corriendo sus hombres. Todos se detuvieron cerca de ella con las armas listas. Al ver la carnicería quedaron admirados. El comentario de Brenda fue tajante:

—Tienen buenas armas, pero no las saben usar.

Enseguida ordenó que revisaran bien los cadáveres y que recogieran todo: documentos, dinero, armas, radios, botas, fornituras y municiones.

Cuando le preguntaron, qué hacían con los heridos, ella contestó:

—Fácil, no queremos testigos ni estorbos: tiro de gracia y una misma fosa. Todos sin manos.

—También tenemos un compañero muerto —le dijeron.

—Pues igual: quítenle todo y déjenlo ahí... al fin que ya no va a protestar.

—No, Comandante —interrumpió Tomasito—. Para esta gente la muerte es algo sagrado. A los difuntos hay que rezarles y enterrarlos como se debe.

Se quedó pensativa unos segundos y después exclamó:

—Pues que lo carguen sus compañeros hasta Amatlán, pero sin soltar los bultos que traemos.

Continuaron caminando hasta que encontraron un sitio para acampar. A la mañana siguiente, con la primera claridad, el grupo siguió avanzando.

Caminaban temerosos pues las bandas armadas parecía que habían aumentado en esa región junto con el patrullaje del Ejército guatemalteco. Estaba haciendo falta que el Naza y sus sicarios llegaran por este lado de la selva a hacer su trabajo de limpieza.

Faltaba poco para recoger los vehículos y poder proseguir con más calma. La caravana regresaba por la misma senda que había recorrido tres días antes. Unos kilómetros más adelante los sorprendió escuchar un ruido que desde lejos parecían disparos. Se detuvieron. Todos pusieron atención. Pero no, al acercarse más descubrieron que no eran balazos, sino cuetes y que también se oía música.

—¿Una fiesta? —preguntó Angie Drake.

—Espera, mujer —Tomasito la calló.

—Vamos a esperar para saber de qué se trata.

Exclamó Brenda y luego dio la orden:

—Todos abajo, todos al suelo...

—Túnel otra vez —tradujo Tomasito como pudo.

Con un solo movimiento, la serpiente humana se derrumbó de nueva cuenta en un sendero de apenas medio metro de ancho entre la tupida vegetación. Todos tenían cara de espanto.

Pasados unos diez minutos se empezó a oler el aroma inconfundible del copal y se escuchó música de guitarra, violón y un clarinete.

—Es un entierro —dijo Tomasito.

Llegaron cerca de ellos medio centenar de personas, hombres, mujeres y patojos, llevando en sus hombros dos cajitas blancas. Las mujeres iban llorosas, los hombres habían bebido aguardiente mezclado con alumbre, el famoso "Chucho con rabia". Luego, el anciano de mayor edad, el que tenía la jerarquía más alta en el grupo, se acercó al Profeta y le dijo con palabras doloridas:

—Hace dos noches Profeta gentes sin corazón le dispararon a mi nieto en la cabeza, y a mi ahijado le dieron en el pecho. Señores, si saben qué pasó, díganlo ahora —el anciano los miró con una rabia contenida, a punto de soltar las lágrimas— para aplicar nuestra ley.

Se hizo un silencio sólo roto por el graznido de algunas aves.

—No sabemos de qué hablas anciano —contestó Brenda, malhumorada—, nosotros también traemos un muerto.

Unas mujeres llorosas se acercaron a Tomasito y agarrándolo de la túnica suplicaron:

—Tu bendición, Profeta, tu bendición.

El ladino hizo un movimiento teatral con la mano dirigiéndose a los dolientes y luego a los niños que yacían en sus cajitas blancas. Iba a hablar cuando, de manera súbita, Brenda intervino antes de que Tomasito pronunciara una palabra:

—Nosotros hemos viajado por otro camino, atrás del rancho de Los Aluxes. Estuvimos tres días a la orilla del río Santiago, a varias jornadas de aquí esperando una carga. Sentimos mucho tu pérdida, anciano. Pero no sabemos qué pasó.

Tomasito apoyó a Brenda:

—Así nomasito es... Dice verdad la mujer.

Luego Brenda levantó la cabeza y dirigiéndose a su grupo le habló amenazándolos con la mirada:

—¿Alguien tiene algo más que decirle al señor?

Tomasito tradujo, pero no era necesario porque la gente captó el peligro. La música y los cuetes que se habían detenido, continuaron oyéndose por la selva.

En ese momento el Profeta le dio al anciano un montón de dólares y lo mismo hizo Brenda, quien cooperó generosamente para el entierro y el novenario. También le dio al viejo un reloj.

Continuaron caminando. Angie estaba muda, como petrificada, con la mandíbula tensa. Ni siquiera miraba a Brenda. La Comandante notó la actitud de la estadounidense. Sintió su reproche sin palabras. La agarró de los brazos. Ante el silencio inquisitivo de su compañera, Brenda le habló mirándola fijamente a los ojos:

—Ve las cosas de otra manera: por lo menos los saqué de sufrir esta mierda de vida. Aquí la gente se muere pronto... y de cualquier cosa.

El otro infierno

l asesinato de los niños no pasó inadvertido. Unos días más tarde, apoyados por grupos de la Teología de la Liberación, los indígenas afectados mandaron decir que no dejarían pasar a nadie por su territorio hasta que no les entregaran a los culpables. Esto lo declararon mediante la radio comunitaria por lo que la noticia se extendió como reguero de pólvora.

El hecho también puso en guardia a Tomasito Aranda, quien comprobó que Brenda estaba ya muy cambiada. La mujer de ahora no tenía nada que ver con la muchacha sencilla que llegó a su templo buscando ayuda.

Por supuesto que el informe llegó también al Jefe Hart. Pero el informe contenía una amenaza más: el Profeta había dicho a su gente que ya no iba a apoyar a la Organización de don Roberto y que él tendría que buscar sus propias rutas. Esto último sí que enfureció al Jefe. Otra vez el trabajo estaba en peligro. Investigó bien el asunto: pese a que Angie aseguraba que todo iba bien y que era cuestión de semanas para controlar la ruta al Petén, Tomasito se estaba negando a colaborar con el pretexto de que la gente de las rancherías tomaría venganza con ellos en cuanto se enteraran de la verdad de lo sucedido con los niños muertos. También comprobó que continuaba la relación íntima de las dos mujeres con el Profeta. Y que la soberbia y actitud rebelde de Brenda ya había contagiado a Angie, quien no sólo le escamoteaba información, sino que de plano le mentía. Por eso era su deber cortar por lo sano. El cargo era traición. Por lo que el Jefe lanzó a los cuatro vientos su grito de guerra:

—Ya me tienen hasta la madre.

El castigo no se hizo esperar: Brenda fue puesta en prisión por ocho días en un almacén de forraje, durante los cuales le dieron solamente agua. Pero el castigo para Angie fue más rudo. Roberto se dio vuelo pateándola hasta que la estadounidense quedó inconsciente. Fue subida a una camioneta, amordazada y maniatada. Después de circular muchos kilómetros la fueron a dejar cerca de una ciudad guatemalteca conocido como el Naranjo, con la advertencia de que no regresara a México porque la matarían.

La gente de por ahí al principio ayudó a Angie, pero después ella tuvo que conseguir su alimento y pagarlo con la única moneda que llevaba: su cuerpo. Además, estaba consciente de que no podía acercarse a México por la frontera del Petén porque seguro que otra oportunidad de vivir no la tendría. Roberto la sentenció a muerte y cuando eso pasaba sus órdenes siempre se cumplían. De esta manera se topó con un burdel llamado El Antro del Cíclope, lugar donde se propuso hacer un poco de dinero practicando el Table Dance.

Mientras tanto el tiempo que Brenda estuvo castigada le sirvió para pensar y afianzarse en sus ideas. Que no eran otra cosa que destilar su veneno y agrandar su resentimiento. Fue una jornada muy dura para esclarecer lo que quería. Pero no se trató de una meditación que la hiciera llegar al fondo de su corazón y de su mente para elevar su espíritu. Al contrario: la verdad la cegó como un relámpago en medio de las tinieblas.

Efectivamente, de guerrillera defensora de los humildes ahora estaba convertida en una sicario, en una asesina. Ahora los "jodidos" no importaban salvo como cargadores, como mulas, como carne de cañón. En otros tiempos esto la hubiera escandalizado. Pero ahora no. Tenía contacto con los pobres y no le inspiraban nada... ni siquiera lástima. Es más, si le daban la orden de *rafaguearlos* con su AR 15 lo haría sin titubeos y sin remordimiento.

Después de estar prisionera en el almacén de forraje, Brenda se dedicó a hacer ejercicio, las caminatas eran de ley. Por lo demás, ni siquiera preguntó qué había pasado con Angie a la que ya no veía. Era el acabose: ni amistad ni lealtad, ni amor tenían que ver con ella. Juan Crisóstomo, por su parte, no se atrevió a tocar el tema. Por eso, la Comandante se sorprendió mucho que veinte días después de no ver a su amiga texana, recibiera recado de Angie. En efecto, una niña indígena la interceptó en el campo mientras hacía sus caminatas, y le dio un papelito escrito por

Tomasito Aranda en el que le decía que había un recado para ella en la nueva iglesia del Profeta. Lo extraño de todo esto es que el papel de cuaderno cuadriculado escolar olía al perfume favorito de su amante estadounidense.

La nicaragüense lo olió una y otra vez como un sabueso. Luego pensó que era una trampa del ladino chiapaneco para poderla gozar de nuevo. Pero reflexionó que Tomasito no haría eso, no era su estilo, él era directo. Al día siguiente pretextando ante Roberto que quería ir a arreglar las cosas con Tomasito para reemprender los viajes, cosa que era urgente, se fue al templo. Pensó que ahí encontraría un recado, pero en realidad halló a Angie Drake.

El encuentro fue de película: besos, abrazos, lágrimas. Se acariciaron durante muchos minutos, mientras las mujeres de Tomasito se miraban entre ellas escandalizadas. Brenda les hizo la seña con el dedo puesto en los labios de que no fueran a decir nada, luego tamborileó la cacha de su pistola con la punta de los dedos. Las esposas entendieron el mensaje y se metieron corriendo a sus cuartos. Las dos mujeres salieron al patio trasero para platicar sin testigos.

—Estuve en el Naranjo, cerca de la frontera con México. Caí en un sitio que anuncia el mejor Table Dance de la zona, al que llaman El Antro del Cíclope. Llegué con una costilla rota y la clavícula a punto de fracturarse. Por fortuna no me mantuvieron esclava como en otros burdeles que funcionan por el rumbo. Allá eres libre y te puedes ir cuando se te da la gana.

—Tuviste suerte. Por lo general no pasa eso, Angie —comentó Brenda al tiempo que se quitaba la camiseta para asolearse un poco el pecho.

—Pero aparte de que no podía juntar el suficiente dinero para largarme, los problemas fueron otros —refirió la texana en un tono amargo.

Angie había estudiado danza moderna en Nueva York y en Houston de donde era originaria, así que el famoso baile "del tubo" no le significó ningún problema. El día de su debut a la entrada del antro habían puesto un letrero y una foto de ella: "Angie Drake, directamente desde Nueva York". Su primera noche presagiaba gran éxito, de inmediato le salieron invitaciones, le ofrecían mucho dinero por sus servicios sexuales. Ella lo tomó con calma. Sin embargo, esa vez tuvo que pagar la novatada en el negocio:

—Cuando empecé a bailar se me quitaron los nervios como si hubieran recorrido una cortina de mi mente. Empecé a moverme lo más sensual que pude, luego me fui desvistiendo. A un lado de la plataforma descubrí a un grupo de hombres que estaban muy entusiasmados conmigo, aplaudían, gritaban y hacían señas obscenas, eran como seis...

En este momento el rostro de Angie adquirió rasgos de rencor, crispó los puños, los nudillos se le pusieron blancos:

—¡Qué bruta fui! —gritó—. Desde antes de subir a la plataforma y jugar con el tubo, una compañera del antro me advirtió que tuviera cuidado con ese grupo, eran policías del rumbo.

Angie terminó su número, el que había sido un éxito a juzgar por los gritos y la abundancia de palabrotas lanzadas en la jerga guatemalteca y chiapaneca. Había dejado calientes a los presentes listos para que las demás mujeres del salón los remataran en los cuartitos que había en el patio trasero alrededor de la pileta del agua. Cuando bajó de la plataforma Angie iba sonriendo. Estaba poniéndose una bata dorada que un mozo del lugar le había traído. Fue cuando sintió un tirón muy fuerte en el hombro. Alcanzó a volver la cabeza hacia el lugar de donde provenía la amenaza, pero sólo encontró un puño que con fuerza salvaje se estrelló contra su mandíbula. Todo se oscureció para ella. Despertó a los pocos minutos cuando sintió que la zangoloteaban en el piso del antro. Entonces vio a unos tipos que mantenían sus bocas pegadas a sus senos como si la quisieran devorar, mientras otros le abrían las piernas y otro más la penetraba violentamente.

Cuando los seis terminaron, la dejaron ahí tirada bajo unas mesas, con la bata desgarrada, con un sangrado entre las piernas, mientras los tipos se arreglaban los pantalones y se marchaban del lugar con toda tranquilidad. Ninguno de los presentes dijo algo o hizo el intento por defenderla.

Angie encendió un cigarrillo de mariguana para tranquilizarse, pues el recuerdo la había puesto muy mal; fumó tres veces y se lo pasó a Brenda, mientras trataba de retener el humo en sus pulmones lo más que podía. La Comandante se separó unos metros con el rostro enrojecido, agarrándose con fuerza la cabellera. Se sentó.

—Ése fue mi bautizo... ¿Cómo ves?

—De la fregada... ¡Eso no puede quedar así! —gritó furiosa.

La Comandante se frotó la frente con las palmas de sus manos, de nuevo se estrujó el cabello con una rabia inmensa. Bufaba, maldecía, pegaba en los árboles. Le repateaba que atacaran así a una mujer y más si esa mujer era su amante, por lo que se levantó bruscamente y empezó a caminar nerviosa cerca de donde estaba recostada Angie. Luego gritó:

—Hijos de la gran puta... Yo los hubiera matado.

—¿Y cómo? Si estaba sola.

—¿Hace cuánto fue eso?

—Como ocho días.

—Hay que darles un escarmiento. ¡Vamos el fin de semana!

—¿De veras?

—Por supuesto, yo sé cómo hay que tratarlos. ¿Dices que frecuentan el antro?

—Investigué y sí son policías de la alcaldía de allá.

—Y qué esperamos...

—Vamos, me va a dar mucho gusto volverlos a "atender" —dijo Angie con una sonrisa malévola.

La mujer no le avisó ni a Roberto ni a Juan Crisóstomo lo que pensaba hacer, solamente les informó que iba a recorrer la ruta para reiniciar le trasiego de mercancía.

La Comandante calculó que no podía ir sola, sino que se jaló a cuatro compañeros de apoyo, guardias de Tomasito con los que Angie y ella se llevaban bien. La operación era peligrosa, sobre todo si Roberto Hart se daba cuenta de que estaban trabajando sin su consentimiento. Si eso pasaba sería el rompimiento definitivo con él. Y estaría también sentenciada a muerte. Pero ya no le importaba nada. Además, don Roberto no era inmortal, quien quite y ella le ponía el cascabel al gato y le metía una bala en la cabeza.

La operación en el Naranjo tendría que ser muy rápida pretextando revisar algunos conectes de Tomasito en la selva. Al siguiente fin de semana, un viernes, pasaron la frontera. Aparte de Brenda y Angie las acompañaban cuatro sicarios más: el Manito, el Pijiji, Ruperto y el Compadre. Viajaron en tres camionetas todoterreno. Iban bien armados. Llegaron al poblado el viernes en la noche. A esa hora había mucha gente en las calles.

El Pijiji y el Manito llegaron al Antro del Cíclope como avanzada para ver cómo estaban las cosas. Se tomaron una copa, esperaron, pero no vieron señas de los policías. Todos aguardaron hasta la madrugada. Pero no llegó nadie con las características que Angie les dio. Ya de día todos se ocultaron en el bosque junto con las camionetas en donde durmieron todo lo que les permitió el calor. Bebieron cerveza y tequila. Esperaron la noche y los dos volvieron al antro para ver si llegaban los tipos. El Manito regresó como aquello de las once con la noticia de que había un grupo de seis hombres, al parecer armados con pistolas, en una mesa cerca de la pista de baile.

Entonces Angie se asomó al lugar y confirmó que sí eran ellos. Dio aviso por radio a sus compañeros, quienes se colocaron en posición. Esperaron hasta las cuatro de la mañana. Ya no había clientes adentro sólo los tipos que venían buscando. A esa hora el grupo que esperaba afuera recibió la información de que los policías estaban a punto de salir.

Cuando estuvieron afuera del Antro del Cíclope, Brenda les marcó el alto, pero como el Jefe de ellos se puso al brinco, la Comandante tuvo que "bajarlo" de un culatazo de AR 15. Los otros sólo levantaron las manos. Amarraron a todos y les pegaron en la boca una cinta color metálica de la que se usa en plomería para sellar fugas de agua. Luego les pusieron un costal en la cabeza y los fueron amontonando en las camionetas. Nada más se oían los pujidos. De la sorpresa hasta la borrachera se les bajó.

Con la primera claridad llegaron a un bosque de almendros cerca de la frontera con México. El color plomizo del cielo permitió que el grupo de Brenda hiciera las maniobras correspondientes. Lo había visto en Nicaragua cuando los soldados de la Guardia Nacional de Anastasio Somoza atrapaban a un guerrillero sandinista. Entonces la Comandante pasó un alambre de piano por las ramas de los árboles y con ayuda de los demás fueron colgando de los pies a cada uno de los policías capturados, procuraron que su cabeza quedara como a cuarenta centímetros del suelo.

Una vez hecho esto, con su cuchillo militar Brenda los despojó de sus prendas de vestir, cortó telas y cuero de los cinturones. Así encuerados de la cintura a los pies se les presentó Angie Drake. La reconocieron de inmediato. Y se comenzaron a alarmar. Sólo se escuchaban los pujidos y las palabras que peleaban por salir a través de esas cintas diseñadas para no dejar escapar la mínima porción de gas o de agua. Entonces Angie empezó a patearlos con saña en la cara mientras les gritaba toda clase de maldiciones en inglés y en su precario español. Hilos de sangre comenzaron a fluir formando pequeños charcos en la tierra. Todavía nada de importancia. Cuando la gringa se cansó de patear, siguió Brenda y luego sus acompañantes, el Pijiji, el Manito, Ruperto y el Compadre. Por allá iban a dar pedazos de cejas, bigotes, mocos y más chorros de sangre. Brenda pidió que no los mataran, que todavía faltaba algo más.

La Comandante fue a una de las camionetas, sacó un acumulador para automóvil que tenía en la cajuela. Se puso unos guantes, destapó las celdas de la batería, y lo llevó hasta donde estaban los colgados. Luego, mientras sus hombres les abrían las piernas a los policías, Brenda les iba dejando caer chorritos de ácido de batería en testículos, pene y ano. Se empezaron a agitar como gusanos en un comal caliente. Las lágrimas brotaban de sus ojos. Los ruidos de sus gargantas eran espantosos. La carne se les estaba cociendo. Se estaban ahogando del dolor y la falta de aire. Para su mala suerte, al retorcer los pies por la parte donde estaban amarrados con los alambres de piano se fueron cortando la carne de los tobillos hasta que aparecieron los huesos. El dolor era insufrible. Brenda le destapó la boca al jefe de ellos para oírlo bramar, mientras Angie lo seguía pateando.

Cuando agotó el ácido de la batería, la Comandante sacó su cuchillo militar y, uno a uno, lentamente, les fue cortando el pescuezo como si fueran pollos en el rastro. Al terminar, con total sangre fría limpió su cuchillo en la ropa de los muertos. Seguida de sus hombres caminó hacia las camionetas. Y aunque los guardias de Tomasito eran rudos, esta vez no cabían del asombro. Entonces ella levantó la hoja del cuchillo a la altura de su cara y mirando a todos a los ojos les gritó:

—Al primero que haga un comentario estúpido me lo cargo.

De este modo, todos ellos regresaron a la frontera con México sumidos en un silencio de sepulcro. La Comandante se mantenía serena, pero era solamente la apariencia: poco a poco la tensión fue creciendo. Brenda se mantenía con la mandíbula apretada y no dejaba de mover la rodilla derecha de manera casi imperceptible hacia arriba y hacia abajo. Había bajado la adrenalina.

Tres horas después, cuando la nicaragüense estuvo en la Iglesia del Profeta fue de inmediato a buscar a Tomasito, quien a esa hora todavía estaba en su cuarto. Al Profeta solamente se le ocurrió preguntarle: "¿Dónde andabas?" Pero antes de que viniera la respuesta, la Comandante se le fue encima, lo tiró en la cama y le quitó la ropa a jalones. Solamente así descargó la gigantesca tensión que traía. Por fin ese volcán encontró una salida para la lava que derretía piedras: su trasero subía y bajaba frenético como si quisiera fundirse con el Profeta.

Guerrilleros

La Comandante Brenda le había prometido a Roberto que a como diera lugar ella iba a controlar las rutas de abastecimiento que ahora tenía Tomasito. Por lo pronto, el contacto personal con los distintos grupos que habitan la selva, en México y Guatemala, estaba hecho. Tomasito, que no era ningún estúpido, se había dado cuenta de las intenciones traicioneras de Brenda, por lo que fue congelando sus relaciones, mientras pensaba qué hacer con ella.

Ése fue su error, pues en lo que Tomasito pensaba ella se le adelantó con una gran audacia. Por esos días la Comandante caminó por la selva acompañada por hombres de don Roberto. Mientras tanto, Angie se había quedado oculta en la iglesia del Profeta para evitar que el Jefe se enterara que estaba en México y para pasar información a la Comandante. Tomasito, por supuesto, no podía ocultar el gusto que le daba quedarse a solas con la texana.

El procedimiento de Brenda era muy sencillo: llegaba a las comunidades que el Profeta le había enseñado y comenzaba a repartir galletas, dulces, refrescos. Luego les daba dólares. Pero había una diferencia con el Profeta que Brenda no comprendió: ella hacía amigos y socios de los trafiques; Tomasito tenía discípulos, es decir, un vínculo más fuerte.

Pero la suerte es amable con quien la procura... En una ocasión que la Comandante andaba explorando una ruta descubrió las señales inequívocas de un depósito de armas, un silo, también los restos de un campamento militar apenas oculto. Después, caminando más hacia la espesura, encontró en un claro algunas instalaciones rudimentarias para practicar tiro al blanco, ejercitarse físicamente, así como maquetas de tamaño natural para entrenarse en la toma de cuarteles, oficinas...

Brenda no dudó un instante y así se lo comunicó más tarde a Roberto:

—En esa zona está instalada una guerrilla y por lo que se ve es comunista —dijo Brenda.

El chiste también era encontrarla para saber qué es lo que pretendían y si podía servir a los propósitos de la Organización. Por su parte, don Roberto avisó del hallazgo a sus contactos en la Secretaría de Gobernación de México. Por lo que la alarma se encendió en el centro político del país: había una guerrilla en México, gritaban los funcionarios de la Secretaría de Gobernación.

Encandilada por su descubrimiento, ella y sus hombres regresaron a la espesura, avanzaron cerca de las construcciones de entrenamiento, cuando de pronto se dieron cuenta de que estaban rodeados por un grupo de hombres armados. No opusieron resistencia. Al contrario, Brenda le ordenó a su gente que bajara las armas. Luego, con toda tranquilidad, pidió que la dejaran hablar con el Jefe de los guerrilleros. Los desarmaron. Y de inmediato fueron llevados a interrogatorio. Antes, les vendaron los ojos.

Llegaron a lo que parecía ser la casa del Comandante: un lugar armado con troncos, con techos de láminas de zinc, hules, ramas y paredes de barro con estructura de carrizos. Había botellones de agua purificada en la parte de afuera y varias hamacas. El interior no era tan desagradable, la casa estaba compuesta de tres habitaciones: una destinada a dormir, otra con aparatos de comunicación y mesas de trabajo, y la sala que lucía un equipo de música, varias armas colgadas, estantes con algunos libros, una televisión japonesa, una computadora y una impresora. Había varios carteles con imágenes de Mao, el dirigente comunista chino.

En este último lugar los recibió el jefe de la guerrilla. Un tipo alto, fornido, de unos cuarenta años, con cara de asiático, de manos regordetas; un hombre de hablar pausado y vientre voluminoso. Sus compañeros le decían Comandante Mateo, aunque seguramente era un alias. Brenda le explicó que eran amigos de Tomasito Aranda y que estaban explorando un nuevo camino para trasladar mercancía no legal desde Guatemala hasta Acatlipa, en la frontera del lado de México. El jefe del grupo se le quedó viendo:

—Me llama la atención tu acento, tú no eres mexicana, sino de Nicaragua, pero, ¿qué andas haciendo por acá?

—Trabajo para don Roberto Hart, y no tengo qué ver con el gobierno ni con el Ejército ni con la policía de Nicaragua y menos con la de México o Guatemala.

—¿Seguro?

—Seguro... Y ustedes tienen un campamento como de ejército revolucionario. ¿Son guerrilleros?

—¿Cómo sabes?

—Porque yo estuve en la guerrilla, en Nicaragua, con los sandinistas.

—Ah, vaya. Digamos que si caminamos como pato y nadamos como pato, entonces...

—Son patos.

—Correctamente bien contestado: usted ha ganado los cien mil pesos —imitó la voz de un animador de concursos de la televisión mexicana que gustaba mucho en Centroamérica.

—Bueno, nosotros no buscamos combatirlos, sino hacer negocios con ustedes. Su bronca con el gobierno de Guatemala es aparte. ¿Entienden?

—Sí. Aquí en la frontera todo mundo quiere hacer negocios... ¿Y cuál es el suyo?

—Mariguana y cocaína colombiana de la mejor... También heroína.

—¿Se las mandan las Fuerzas Armadas Revolucionarias de Colombia?

—No lo sé... Nosotros solamente la recogemos y pagamos; yo no cierro los tratos en Colombia.

—¿Y qué es lo que quieren?

—Pasar con nuestros bultos sin tener problemas. Estamos dispuestos a pagar aduana... Es una buena lana y ustedes no tienen que hacer nada más que dejarnos pasar.

—Suena bien. ¿Cómo dices que se llama tu jefe?

—Don Roberto Hart.

—Déjame investigar y te resuelvo... Por lo pronto pónganse cómodos, pero no se pueden mover de aquí. Hay guardias en todo el camino por el que ustedes venían. Mis hombres tienen la orden de ejecutarlos si quieren escapar. ¿Entendido?

—Entendido.

Les dieron café y un poco de comida. Después de tres horas, el tipo que parecía ser el jefe llegó junto a Brenda:

—Felicidades, ya me dijeron que tú eres la Comandante Brenda y que me puedo arreglar contigo. Yo soy el Comandante Mateo.

—Vaya, menos mal que fue rápido.

—Bueno, mira, te vamos a cobrar por el paso de tu mercancía en nuestro territorio veinte mil dólares cada que pases. Así lleves un kilo o una tonelada, la cuota será la misma. ¿Para qué nos complicamos la vida pesando los paquetes, luego haciendo cálculos de porcentajes, que el diez por ciento u otra cantidad?

—Es mucho.

—Es una ganga. Por nuestro territorio los escoltaremos hasta dejarlos a salvo cerca de la iglesia de Tomasito. Él ya sabe que estamos aquí y no se mete con nosotros, respeta nuestras veredas.

—Mira —dijo Brenda poniéndose seria—, la verdad es que le hemos cargado mucho la mano al Profeta y, pues, ya está cansado de nosotros y no quisiéramos seguir dependiendo de él. Tú me entiendes, ¿no? Queremos hacer algo independiente. Incluso no nos gustaría que los paquetes llegaran cerca de la iglesia de Tomasito, sino en otro lado.

El Comandante Mateo se le quedó viendo fijamente. Guardó silencio treinta segundos y luego dijo:

—Entiendo perfectamente, Comandante Brenda. No te creas, nosotros somos muy independientes de Tomasito Aranda: él con sus negocios y nosotros en lo nuestro.

—Claro eso no quiere decir que dejemos definitivamente las rutas de Tomasito, las vamos a seguir ocupando.

—Por supuesto, pero si entran a nuestro territorio, entonces si con la pena, mi amor, van a tener que pagar sus dolarotes.

—Bueno, ¿y dónde firmamos? —dijo Brenda en plan de broma haciendo la seña de que quería firmar un contrato.

—No hace falta, si pagas con American Express... Bueno, pero las primeras veces vas a tener que venir tú personalmente, porque es con quien hicimos el trato, después, cuando mi gente conozca a tus muchachos, ya podrás descansar de nosotros.

—De acuerdo —Brenda se puso feliz.

—Pero hay algo más: necesitamos abastecernos de armas —dijo el Comandante Mateo—, pero son muchas.

—Correcto, no creo que haya problemas. Con nuestro proveedor se arregla.

—¿Apoco? Hecho entonces —sonrió—. Al rato te paso la lista.

—¿Ya oyeron, zorencos? —Brenda les gritó a sus muchachos—. Tenemos ruta —gritó eufórica esto último.

—Esto hay que celebrarlo —propusieron los miembros del otro grupo casi a coro.

Luego el que era el jefe regañó en broma a la gente de Brenda:

—Pero cambien esa cara, muchachos. Hasta parece que en la mañana desayunaron cemento. Para alegrarlos quiero abrir una botella de roncito que es de lo mejor, es de tu tierra, Brenda, se llama Flor de Caña 18 años.

La ruta

Don Roberto Hart Ibáñez estaba feliz por la iniciativa de Brenda: ella había conseguido una ruta alternativa, muy segura y exclusiva, para el trasiego de su mercancía. Era un gran corredor. Con lo cual la Organización tomaba más la imagen de un cártel verdadero. Si don Roberto se ponía contento cuando le decían que era el Capo, pues mucho más cuando su grupo empezó a tener primacía en la frontera. Efectivamente, los miembros de otras bandas, el Gobierno Federal e incluso La Mara los empezaron a llamar "El cártel de don Roberto" o "El cártel de la Comandante Brenda". Fue así que la antigua Organización comenzó a crecer como la espuma. De veinte miembros con los que la habían fundado a principios de los noventa ahora eran como doscientos.

En todo este desarrollo exitoso el problema de ahora en adelante iba a ser Tomasito Aranda, quien seguro se pondría celoso al ver que estaba perdiendo el control de su territorio y, por lo tanto, el poder. La situación se podría tornar inestable y hasta peligrosa para don Roberto en esa parte de la frontera, ya que Tomasito no era un contrabandista común y corriente, sino un líder espiritual con arrastre entre los grupos indígenas. Si él daba la orden de atacar a don Roberto, sus seguidores lo harían sin importar los costos que, seguramente, iban a ser muy altos en cuanto a vidas humanas. Con esa sagacidad que lo caracterizaba, don Roberto avizoró los acontecimientos. Y por tanto supo que debía proceder con acciones preventivas antes de que el asunto degenerara en un enfrentamiento con la gente del Profeta. "Siempre hay que ir un paso adelante de los acontecimientos", decía don Roberto. Y la conclusión cayó por su propio peso:

—Hay que liquidar al pinche Profeta.

Y el mejor instrumento para la ejecución no podía ser otro que Brenda. Sin saber los planes del Jefe, Tomasito seguía *ensabanado* con Angie Drake. Estaba contento hasta el hartazgo. Incluso había mandado comprar en Estados Unidos un libro en el que venían explicadas con fotos más de cuatrocientas posiciones sexuales. Angie le traducía los textos al español. Por supuesto que don Roberto tampoco sabía del paradero de su ex novia —a la que ya daba por muerta— y claro que Tomasito, feliz como estaba con ella, nunca iba a revelar el secreto de su recámara.

El único que refunfuñaba por todo y con todos era Juan Crisóstomo Zurita Nazareno que cada día estaba más enfermo, pero no se atrevía a confesarlo ante don Roberto. No sabía si era por miedo a las consecuencias o por pudor porque el Jefe segurito que se iba a meter con el tema sexual. Y la verdad es que aquí estaba el punto más débil del Naza, quien en todo este tiempo había intentado tener sexo con Brenda, pero había fracasado en todas las ocasiones. Por eso los celos lo mataban a pesar de que la Comandante le juraba que no tenía ninguna relación con el Profeta. La duda le carcomía los intestinos y el bajo vientre cada que su mujer tenía que ir al templo de Tomasito. Sufría y se martirizaba él mismo con el pensamiento.

Un día que ella salió a recoger un cargamento a la iglesia del Profeta, Juan se quedó mordiéndose los labios de coraje. Esa vez se encerró en su cuarto piensa y piensa, y mientras más lo hacía la mente lo iba enredando y se iba imaginando cosas: veía a Brenda desnuda practicando el sexo o siendo gozada por Tomasito en todas las posiciones. Entonces se retorcía de coraje, de odio, hacia "ese pinche naco", que seguramente ahorita, en este mismo momento, se estaba comiendo a su mujer. Trataba de quitar la imagen, pero no podía, no se le borraba de la mente. Entonces empezó a tomar y a tomar mucho. Esa noche, ya ebrio y drogado, decidió ir a buscarlos a la iglesia, para esto sacó su pistola, la revisó. Todo estaba bien. Se la puso en la pretina del pantalón por la parte de atrás. Iba decidido a matarlo, pero al salir de su cuarto se detuvo en la puerta al oír la voz de don Roberto que daba órdenes a los muchachos.

Sacudió la cabeza con coraje. Se detuvo y luego regresó al cuarto, cerró la puerta con cuidado para que no lo oyeran. Se sentó en la cama y empezó a maldecir; al primero que maldecía era a él mismo por no haber tenido la decisión de matar a Tomasito Aranda desde la primera vez que lo vio. Ahí se hubiera acabado todo. Y hoy no estaría sufriendo. Intentó masturbarse, pero tampoco pudo. Ahogado de bilis se tiró en la cama. Colocó una almohada en su cara, y se sintió el hombre más estúpido del mundo.

Minutos después, la mente le volvió a jugar una mala pasada: en su imaginación vio a Brenda practicando sexo oral con Tomasito. "Basta ya", dijo. Había decidido que hoy iba a morir ese desgraciado ladino.

Veinte minutos después, don Roberto recibía una llamada por radio:

—Don Roberto, el Naza acaba de salir del rancho en una pick up, quién sabe qué le pasó, maneja como alma que lleva el diablo —informó el encargado de vigilancia.

—¿Cómo va? ¿Está prendido?

—Va bien bolo, el olor a alcohol y a mota sale hasta por la ventanilla.

—¿Qué rumbo agarró?

—No sé, pero mandé dos muchachos atrás de él en otra camioneta para vigilarlo.

—Hiciste bien... Mantenme informado.

Don Roberto cortó la comunicación y luego pensó con coraje:

—Yo no puedo estar encargándome del negocio con todas las broncas que tengo ahorita y todavía estar cuidando a estos pendejos. Que se lo lleve el demonio. Ya está grandecito.

Luego volvió a agarrar el radio y le dio una orden a su jefe de vigilancia.

—¿Ya encontraron al Naza?

—Se acaban de comunicar conmigo los muchachos y me dijeron que no. Pero no se preocupe, Jefe, lo siguen buscando...

Media hora después: Roberto se comunicaba otra vez con su jefe de vigilancia:

—¿Sabes qué? Ya olvídalo. Diles a los muchachos que se regresen y que dejen que al Naza se lo lleve la chingada. Ya me cansé de cuidarlo.

—De acuerdo, señor. Les digo a ellos en cuanto se restablezca la comunicación, porque ya quedaron fuera del alcance de la radio.

Mientras tanto, en la iglesia del Profeta las cosas no estaban tan alejadas de lo que el Naza se imaginaba en sus delirios de hombre celoso. Cerca de las nueve de la noche Juan Crisóstomo había llegado a la nueva iglesia, pero por precaución, o más bien para que no lo vieran, dejó la camioneta estacionada en la carretera como a un kilómetro del lugar. Empezó a caminar con cierta dificultad a causa de la borrachera que traía. Calculó que a buen ritmo en unos diez minutos estaría en el templo y le vaciaría la pistola en la jeta al ladino "ése". Para su buena suerte, los visitantes a la iglesia y los "discípulos" del Profeta se habían ido a otro pueblo a hacer labor de "evangelización".

En la habitación de Tomasito la Comandante Brenda recogió su ropa y jaló una toalla para secarse el sudor. Caminó por el patio solo tapada con la toalla. Fue hasta un pozo cercano donde sacó una cubeta de agua para refrescarse. Dejó caer el líquido desde la cabeza hasta los pies, volvió a sacar otra cubeta y lo mismo. Se secó, luego se vistió.

Cuando iba a entrar a la casa iba pensando en el próximo juego sexual que harían con el Profeta y Angie, pero en ese momento vio a lo lejos, con la poca claridad que había, que un hombre corpulento estaba observando por las ventanas de la casa de Tomasito. Seguro era un matón de alguna banda rival. Luego atrás de él, pero como a veinte o treinta metros vio un carro con otros dos hombres que vigilaban. El asunto se puso feo. De manera automática Brenda puso la mano en su cintura buscando la pistola, pero se dio cuenta de que la había dejado debajo de la almohada de Tomasito. Ya no podía hacer nada, más que atraer el fuego hacia ella. Lo malo es que eran tres hombres armados...

A causa de la penumbra del cuarto, el Naza no podía distinguir quiénes estaban ahí adentro, solamente escuchaba voces y unas risitas. Imaginándose lo peor, Juan Crisóstomo abrió la puerta de una patada mientras gritó:

—Así los quería agarrar, Profeta de mierda —al tiempo que soltaba varios disparos en la oscuridad, en donde suponía estaba la cama.

Angie pegó de gritos. Empavorecida se arrojó al piso.

—Juan Crisóstomo, no nos hagas daño —gritó Angie.

—Angie, hijaeputa no se supone que estabas muerta —exclamó Juan totalmente sorprendido.

—Eso quisieron, pero no —respondió la texana ya sin aire por el susto.

—Vine a matar al desgraciado Profeta.

—Tranquilízate, Juan Crisóstomo...

—¿Dónde está Brenda?

Angie lo encaró:

—Aquí nada más estamos él y yo. Brenda anda allá afuera, debe estar dormida en la hamaca, se la pasó toda la tarde leyendo en el patio.

—No te creo —dijo Juan ya muy enfurecido.

En ese momento Angie encendió la luz. Miró hacia la cama. El Profeta estaba bañado en sangre del lado izquierdo de la cabeza. No se movía. Lo primero que pensó es que había muerto. La texana pegó un grito que retumbó por toda la casa.

El Naza se asomó para ver si era cierto que Brenda estaba afuera, pero en lugar de verla sintió un garrotazo en el cráneo que lo depositó en el suelo. Estaba noqueado. En eso se acercaron dos hombres que a lo lejos Brenda los reconoció como vigilantes del rancho de don Roberto.

—¿Y ustedes qué? Acompañó su grito con una seña.

—Nada, Comandante —guardaron sus armas—, sólo venimos a vigilar al Naza... como se puso bolo.

—Llévenselo para allá con los chanchos, sus compañeros —señaló—. No lo dejen acercarse acá. Es una orden.

Luego Brenda se asomó al cuarto. Angie estaba sentada en el piso, temblando y no dejaba de llorar, tenía una almohada que le tapaba el pecho y la cara, pero que dejaba descubierto su sexo de vello rubio. Sobre la cama, Tomasito estaba recargado en la pared y con la oreja deshecha. Afortunadamente estaba vivo.

Unos minutos después, Brenda se acercó a donde tenían a Juan Crisóstomo, quien seguía encorajinado. Ordenó a los guardias que los dejaran solos y éstos se alejaron rumbo a su carro.

Lo primero que dijo el Naza fue una amenaza que alarmó a Brenda:

—Ya vi que tienes ahí a Angie, cuando la orden de Roberto fue otra.

—¿Ah, sí? ¿Y desde cuándo eres su abogado?

—Desde este momento.

—El diablo no necesita vejigas para nadar...

—No, pero sí de gente que no lo traicione.

Brenda se sentó en cuclillas muy cerca del Naza. Se le quedó viendo a los ojos. Si era necesario le pegaría un tiro en la cabeza, pero no dejaría que el tipo denunciara a Angie con don Roberto. Primero optó por probar la conciliación:

—¿Por qué no lo negociamos? —propuso Brenda con total frialdad.

—¿Qué quieres negociar? Ustedes dos ya están sentenciadas a muerte.

—¿Seguro? Yo lo pensaría dos veces...

—No necesito.

—Mira, Naza, yo no le digo nada a don Roberto de que mataste al Profeta —mintió— y tú no le dices nada de que viste a Angie... Sabes que don Roberto no ha dado la orden de matarlo y eso es gravísimo. Echaste a perder todo el trabajo. Cuando se entere su gente esto va a arder. Así que de menos te mete diez tiros por el culo.

Juan Crisóstomo Zurita Nazareno se quedó atónito, seguía borracho, pero se dio cuenta perfectamente de la tarugada que acababa de hacer. Segundos después exclamó:

—Está bien, tú ganas, aquí nadie vio nada.

—¿Me das tu palabra?

—Por supuesto, no sólo de hombre, sino de tu marido.

—¿Marido? Un esposo le cumple a su mujer...

—¡Cállate!

—Está bien, pero conste que no te has disculpado, yo no tengo nada qué ver con el Profeta.

—Quiero que sepas que todo fue por celos, porque te quiero demasiado, aunque seas una jija... —cambió drásticamente de actitud.

—De acuerdo, pero ya lárgate.

—Espera, sólo quiero decirte algo —el Naza se puso en plan solemne—: que las traiciones grandes empiezan por las pequeñas. Y hoy hemos traicionado al Jefe. Y eso, en este negocio, se paga.

—Yo lo sé, Naza, pero a mí qué me espantas... En primer lugar, yo no he traicionado a nadie y, segundo, ya estoy muerta desde hace muchos años. Ve a asustar a la más vieja de tu casa.

—Brenda, ya párale.

—Dices que eres mi marido, pero creo que no es cierto... El único matrimonio que yo he tenido es con la muerte.

El Naza no supo qué contestar y se quedó callado.

—Mejor ya lárgate, cabrón —Brenda le hizo una seña obscena.

El Naza se levantó sacudiéndose la tierra revuelta con estiércol de los chanchos. Estaba sangrando de la cabeza. Luego la Comandante fue a buscar al Profeta. Lo revisó y se dio cuenta de que había perdido una oreja. Le planteó así las cosas:

—Mira, Tomasito, el Naza no te hubiera disparado de no haber tenido la orden de don Roberto de matarte. Yo le dije al Capitán que tú estabas muerto. Así que ésta es la oportunidad que tienes para esconderte un rato, antes de que el Jefe mande a sus sicarios. Tú sabes que aún con toda tu gente no vas a poder enfrentarlo.

—¿Y qué quieres que haga? —el Profeta se quejaba por la oreja perdida.

—Que te vayas. Tengo amigos en la selva, ve con ellos. Desaparece antes de que sea tarde. Avísale a tu gente que vas a estar bien, que vas a un viaje largo. También que digan que estás muerto, pero que dejaste dicho que no quieres ceremonias fúnebres. Y un favor: llévate también a Angie.

Cuando se supo de la "muerte" de Tomasito, no sólo sus discípulos, sino personas de otras religiones también protestaron ante el Gobierno del Estado. El descontento llegó hasta la ciudad de México en donde defensores de los derechos humanos intervinieron. No obstante, don Roberto estaba tranquilo. Si las cosas se complicaban le echaría la culpa a Brenda.

Meses después de este incidente el negocio siguió prosperando como nunca, tanto que la fama de don Roberto ya fue pública cuando su nombre apareció en los periódicos nacionales. Era mencionado por la Drug Enforcement Agenci (DEA) como uno de los mayores introductores de droga colombiana por la frontera sur de México, droga que después entraba a Estados Unidos por distintos puntos de su frontera. En estos informes de la DEA, a su organización ya la llamaban "El cártel de don Roberto" o "El cártel de la Comandante Brenda".

Las cosas se pusieron muy difíciles para el gobierno mexicano, que estaba siendo acusado por autoridades de Estados Unidos de colaborar con los narcos. Incluso había inculpaciones contra Roberto Hart de que era el responsable de la muerte de mujeres en la frontera. Ante estas acusaciones el pánico comenzó a cundir en la Secretaría de Gobernación de México. Por lo que un funcionario de alto rango de esta dependencia buscó desesperadamente una entrevista con don Roberto, quien oficialmente vivía alejado de la política en su rancho ganadero de Chiapas.

Cabezas

La conversación entre don Roberto Hart Ibáñez y un alto funcionario de la Secretaría de Gobernación se llevó a cabo en la ciudad de México en un restaurante muy elegante de Polanco, ubicado en la calle de Presidente Masaryk. Para esto se tomaron todas las precauciones del caso, entre otras que la comida se sirviera en un salón privado. Lo que más le importaba al funcionario mexicano era que los agentes estadounidenses de inteligencia no lo vieran departiendo con un narco.

El menú era netamente francés. Don Roberto pidió de entrada una selección de patés: *Terrines Maison* de conejo con ciruela, de pollo e higaditos a la pimienta verde. Luego le sirvieron la sopa de cebolla que le encantaba, sazonada con vino blanco, con *Crouton* de baguette y gratinada con queso gouda. De plato fuerte disfrutó el *Magret de Canard*, pato a la parrilla salteado con pimientos y bañado en suculenta salsa agridulce de pimienta verde, acompañado de crocante de piña deshidratada. De postre, su debilidad desde la niñez: *Profiterol au chocolat*.

Don Roberto pidió su vino favorito —un tinto de unos cuatro mil quinientos dólares la botella—: *La tache Domaine* de la Romanée-Contí, caldo vínico francés de la región de Borgoña, muy apreciado por los conocedores. Vino de excelente cuerpo, de un sabor que se queda largo tiempo en la boca, y que don Roberto y su amigo el funcionario bebieron con un placer cuasi erótico. Consumieron tres botellas y don Roberto pidió cuatro cajas para llevar.

Los meseros tenían órdenes de mantenerse atentos aunque lo suficientemente alejados de la mesa para no oír la conversación. El funcionario fue al grano:

—Mira, Roberto, la DEA nos está presionando mucho, nos ha presentado informes muy completos de tus operaciones en Chiapas, Guatemala y Honduras. Aseguran que son las más importantes de la frontera sur.

—¿Ah, sí? Ya sabes cómo son ellos de exagerados —contestó don Roberto como no dándole importancia.

—Pero lo peor no es eso, Roberto: dicen que tienes nexos con guerrilleros guatemaltecos. Y ya sabes que la guerrilla es un tema que pone locos a los gringos. Con la trata de personas, los asesinatos de mujeres, la droga y el contrabando, no pasa nada porque los "primos" fingen que no ven. Pero el miedo al comunismo no lo han podido superar desde que les pasó lo de Cuba. Nosotros hemos prometido investigar el asunto del narcotráfico en la frontera para ganar tiempo, pero ya no podemos seguir retrasando un resultado. Tememos que un día de éstos una flota de helicópteros estadounidenses baje en la selva de Chiapas y maten a los guerrilleros. Entonces sí se van a poner las cosas de a peso para nosotros porque hay políticos de este gobierno que los han estado apoyando y las pruebas deben estar en los campamentos del Petén y de Chiapas.

Don Roberto se le quedó viendo como si no creyera lo que le estaba diciendo su amigo de la Secretaría de Gobernación, quien trabajaba directamente a las órdenes de don Fernando Gutiérrez Barrios. El funcionario le dio un trago largo a su copa, se limpió la boca, tomó aire y soltó:

—Así que me vas a disculpar, pero...

—¿Disculpar de qué, Licenciado? —Roberto dejó los cubiertos en el plato en actitud defensiva y clavó su mirada de serpiente en los ojos del funcionario, luego preguntó bronco—: La última frase me sonó como amenaza... No me digas que andas en ese plan, cabrón, porque yo no estoy manco —subió el tono sin llegar a los gritos.

—Calma, Beto, tú sabes que no es así —el funcionario levantó las manos enseñando las palmas como muestra de paz—, y sabes también que estamos negociando. Entre nosotros esto de la política es y ha sido siempre un "ayúdame que yo te ayudaré" entre miembros de una misma familia. Ésa es la filosofía política que ha mantenido la paz en el país desde Lázaro Cárdenas para acá...

—Y así deberá seguir siendo...

—Por supuesto, Beto.

—Y, entonces, ¿a qué viene eso de la "disculpa"? Hablemos claro, no me chingues.

—Olvídalo, fue una palabra que no debí usar, Robert. Tú conoces mi historia, yo conozco la tuya. Sé de tus negocios y pecados, tú sabes de los míos. Conocemos a nuestros respectivos parientes. Te repito, somos una gran familia institucional aunque ahora estés fuera del Gobierno. ¿Para qué diablos nos pisamos la cola? Si a la mejor, al rato, quién quita tú llegas a ser mi jefe. Ya ves que en los círculos políticos se rumora que eres amigo del candidato a la Presidencia.

—Puros pinches chismes. Háganmela buena.

—Quién sabe, Beto, pero cuando el río suena...

Don Roberto Hart volvió a agarrar los cubiertos para saborear su platillo. El viejo político sabía que tenía controlada la situación, simplemente con una mirada y un amago. Luego levantó la vista y exclamó:

—Sí, de acuerdo, pero, ¿qué me quieres pedir, Licenciado?

Roberto lo tomó con calma. Ordenó al mesero que se acercara para llenar la copa del tinto de Borgoña.

—Es muy simple, Beto, mira, no es nada que no puedas hacer: necesito cuatro cabezas —acompañó sus palabras tranquilas, serenas, como si estuviera comprando puercos con una seña de sus dedos.

—¿Cuatro? —Roberto apoyó su interrogante con una mirada de comprensión y complicidad.

—Sí, pero que sean gallos. Necesito que se puedan presentar por la televisión como gente realmente importante. Que los agentes de la DEA digan: "Ah, caray, ésos son jefes, nosotros los conocemos de tal y tal lado. Los mexicanos sí están haciendo bien su trabajo".

—Licenciado, me estás pidiendo que me corte las manos —Roberto dejó descansar otra vez sus cubiertos en el plato, pero ya sin ánimo de pleito, sólo como regateo.

—Pues sí, Beto, la situación lo amerita. Los gringos necesitan tener encerrados a los grandes.

—Es un precio muy cabrón.

—Pues sí, pero piensa también en tu amigo el candidato: lo tenemos que proteger para que llegue fuerte a la Presidencia.

—¿Proteger? No me hagas reír, pinche Licenciado. Si a él lo traen ustedes todo descuidado... Un día se les va a morir y ni cuenta se van a dar.

—¿Qué, apoco se quejó contigo, Robert?

Roberto manoteó sobre la mesa como si espantara moscas, mientras bebía su tinto con total placer:

—Olvídalo... Pero volviendo al tema, insisto que me pones la canasta muy alta, Licenciado.

—Mucho más que eso vale tu negocio... ¿O no?

Roberto se quedó pensativo unos segundos, al cabo de los cuales volvió a llamar al mesero. Una vez que estuvieron llenas sus copas, brindaron:

—¿Entonces qué decides, Jefe?

—Que sean solamente dos... dos cabezas. Ni una más.

—Pero gallones...

—Hecho —dijo don Roberto con toda calma como si no acabara de vender a su propia gente—, pero sólo tengo otras dos condiciones para ya cerrar el trato.

—¿Cuáles?

—Necesito pasar armas desde McAllen y llevarlas hasta Chiapas.

—No hay problema, voy a dar órdenes de que dejen pasar todo. ¿Qué más quieres?

—Que a mi gente no se la lleven a procesar en Estados Unidos, porque si los sopean por allá, valí madre yo y valiste tú.

—Por supuesto, cuenta con eso Robert. Si no nací ayer —dijo entre risotadas—. Tengo la cara pero no soy, te lo juro, manito.

—Si es así, hecho —se dieron la mano—: el viernes de la próxima semana tendrás tus dos cabezas en la dirección que luego te voy a dar.

—Por eso me gusta hablar contigo, Roberto Hart. Con gente como tú sí se puede razonar. Es que la política en México se está volviendo un asunto de macuarros. Quesque se nombran tecnócratas.

—No me digas... tan grave ves a los junior.

—Sí, todo lo quieren resolver con algoritmos, estadísticas y computación...

Nueva plaza

En el mapa del narco, Veracruz era un sitio estratégico que concentraba la droga proveniente de Quintana Roo y de Chiapas. Varias bandas querían tener el control de ese territorio que les permitía entrar al gran mercado de Estados Unidos por el lado de Texas. Y para poder llegar hasta allá tenían que acabar con los grupos rivales, sembrar el terror en sus filas, asociarse con empresarios locales, comprar más funcionarios y policías. Por eso fueron apareciendo poderosos ejércitos irregulares a lo largo de la costa del Golfo de México.

Ese mismo fin de semana, estando en su rancho de Las Moras, don Roberto reprendió fuertemente a Juan Crisóstomo Zurita Nazareno por su bajo desempeño, en cambio ensalzó la figura de Brenda que había conseguido una ruta propia para ellos, la mejor.

El Naza se sintió muy mal de que le dijeran esto. Explicó que él había logrado aniquilar a las bandas que operaban en la zona, el número de muertos causados por él y su grupo de sicarios ya se contaba por miles, casi todos centroamericanos, gente sin papeles, a quienes les cortaban las manos y la cabeza para que no fueran identificados por sus parientes, si los tenían.

A pesar de todo, la sentencia ya se había dictado: el Naza era un mal elemento. Después de una perorata de media hora, el Jefe le aclaró que solamente lo perdonaría si en la nueva plaza a donde iba demostraba que podía crear una organización. El gran reto era entrar a Veracruz, desplazar a las bandas que ahí estaban y consolidar el gran cártel.

Era una buena jugada de Roberto, porque él tenía en mente una vía libre para sus camiones que fuera desde Veracruz hasta Tamaulipas y luego Texas. Sería una alternativa para los colombianos que ya controlaban por mar la ruta Colombia, Santo Domingo, Cuba y Florida. Además tendría que ganarles la partida a los grupos que estaban abriendo una ruta por las costas del Pacífico mexicano.

Juan Crisóstomo se resistió pues, en el fondo, eso significaba romper con Brenda. Así se lo dio a entender al Jefe. Entonces don Roberto enfureció, luego de gritar su famoso "ya me tienes hasta la madre".

—No te atrevas a contradecirme, pinche Naza, porque te mueres, te juro que te mueres.

—No es desobediencia —respondía el Naza entre la gritería—, es que me gustaría que Brenda fuera conmigo.

—No es posible —aventó el teléfono y pateó la mesa de centro—. Tanto remilgas por esa vieja —gritó furioso— que ya se me está antojando. Debe tener algo muy bueno.

—No digas eso, Jefe, acuérdate que en eso te respeto. Además tenemos un trato.

—Pues si me respetas, te largas a Veracruz inmediatamente.

Don Roberto ordenó al Chapeado, uno los mejores sicarios entrenados por el Capitán, que también saliera el domingo por la noche a Veracruz. Esa misma tarde Roberto le comunicó a Brenda que había retirado al Naza a otra plaza "más tranquila", porque su rendimiento en Chiapas andaba por los suelos. Al oír esto, Brenda solamente levantó la ceja izquierda y jaló aire para emitir un suspiro de alivio. Esa noche Juan Crisóstomo quiso hacer el amor con ella, pero Brenda le azotó la puerta en la cara y se fue a dormir con Angie Drake.

Despedida

Pese a lo que se esperaba, cuando el Jefe despidió a Juan Crisóstomo Zurita Nazareno lo hizo con grandes muestras de afecto. Cualquiera diría que don Roberto actuaba con hipocresía. Pero no tenía necesidad de eso. Se portaba con absoluta sinceridad. El problema es que su franqueza dependía de sus intenciones, y éstas podían variar continuamente. De eso no tenía la culpa, ¿o sí? Primero necesitó que el Naza limpiara de competidores los caminos del Petén y de la frontera de México, así la selva conoció un nuevo depredador que recorría con su gavilla la espesura guatemalteca y mexicana: cometía asesinatos, quemaba champas, violaba... El terror era su gusto y guía. El Capitán Juan Crisóstomo Zurita Nazareno fue llenando la selva de cientos de fosas clandestinas, donde a veces los perros esqueléticos obtenían una mano, un pie o una cabeza humana que devorar.

Por esos días, en una carta enviada por el grupo cristiano San Agustín de Hipona a la Comisión Nacional de los Derechos Humanos de México se leía: "Una banda de sicarios, encabezados por un ex militar a quien llaman el Capitán, en el poblado de Xactún formó a todas las familias al borde de un precipicio y las *rafagueó* para que cayeran sus cuerpos al abismo, doscientos o trescientos metros abajo sin que fuera posible recuperarlos. Hay decenas de casos como éste. Los muertos se cuentan por miles. La policía sabe quién es el autor, pero no lo detiene. Según presumen sus matones, él tiene amigos poderosos en el Gobierno".

El día de la despedida el Mandón —como también le decían a don Roberto— cambió de punto de vista respecto del Naza: ahora reconocía la manera tan eficaz de acabar con sus enemigos. Roberto estaba contento. El Naza no comprendía que para el Jefe había una ley no escrita que le funcionaba bien: él actuaba simplemente por mandato de la necesidad.

Para Roberto si era necesario que alguien se sacrificara por el grupo, pues lo tenía que hacer. Esto debía ocurrir sin dramas, porque así lo dictaba la necesidad. Por eso, con la frente en alto y los ojos límpidos, al despedirse del Capitán Zurita Nazareno don Roberto pudo pedirle a este sentenciado que se cuidara y que estuviera muy al tanto de la Policía Judicial Federal, porque por aquellos territorios era muy efectiva. Frente a ésta no podía garantizarle protección porque de momento no había ningún "arreglo".

Pero Roberto también tenía otra costumbre que se había convertido en un ritual: se trataba de no dejarlo ir sin exprimirle toda la energía posible:

—Juanito, antes de que te vayas necesito que me hagas un gran favor.

—El que quieras, Beto, ya sabes que no tienes más que ordenar.

—Necesito que le pongas en su madre a Tomasito Aranda.

—¿A Tomasito? Si es intocable.

—Pues ya no. Se le acabó el crédito conmigo. Como Brenda ya amarró una ruta, ahora él está sobrando y tú sabes que quien sobra, apesta. Mira, quiero que me dejes su cabeza a la entrada del rancho. Después yo la entierro. Necesito verle la jeta y burlarme de él antes de que se la coman los perros.

Juan Crisóstomo se hizo bolas, no supo qué decir. Por primera vez en muchos años se le notaron los nervios. Tendría que decir la verdad de que Tomasito ya era difunto y eso significaría la pena de muerte para él.

—¿Y qué me dices, Juanito? Te veo muy callado —don Roberto presionó después de unos segundos de extraño silencio.

—Mmmm... —el Naza se mordió los labios.

—Tal parece que quieres mucho al jijo ése, después de que se anduvo tirando a tu mujer. Ya me contaron como la meneaba... Nombre los agasajos se oían por todo el restaurante del Profeta.

El Naza aguantó el insulto, nada más se mordió el labio inferior porque sabía de la forma de interrogar que tenía don Roberto, misma que había aprendido en años de trabajo en la Dirección Federal de Seguridad cuando torturó a guerrilleros. Sin embargo, decidió no decir nada y consultarlo con Brenda, porque seguro que ella tendría la solución. Mientras tanto hizo la promesa que el Jefe esperaba:

—Hecho, mañana tendrás aquí en la puerta del rancho la cabeza de ese maldito.

Don Roberto lo abrazó con fuerza y le palmeó la espalda con mucho cariño.

—Así se hace, mi Naza. No esperaba menos de ti.

Luego le hizo saber que otros de sus compañeros ya estarían en Veracruz preparando la instalación del cártel. Lo primero había sido comprar las casas de seguridad a las que el Naza podría llegar tranquilo, pero cuyas direcciones por motivos de clandestinidad no le podía decir ahora.

El Naza siguió hablando con Roberto. Se le notaba la preocupación que andaba cargando porque tenía que dejar a la Comandante. Don Roberto le pasó su brazo por el hombro al Naza, lo apretó con fuerza, mientras le decía palabras con el tono cariñoso que usaría un padre para aconsejar a su hijo:

—Mira, Juan Crisóstomo, creo que estás agarrando tu traslado como si te estuviera mandando al matadero. Y eso no es cierto, cabrón. Jamás me atrevería. Tú sabes que contigo siempre me he portado bien derecho.

—Lo sé, Beto, pero quién sabe por qué presiento que no voy a regresar, creo que me voy a morir...

—No te achicopales, Naza, porque necesito que por muchos años más sigas vivo. Tú sabes lo difícil que es en este negocio encontrar gente leal y entrona. Te repito que ella se queda aquí única y exclusivamente porque necesito consolidar bien a nuestra organización en la frontera sur. Porque si no hay mercancía que entre al país, no hay negocio.

Roberto habló como si el futuro de su gran amigo y compañero de toda la vida fuera muy halagüeño. Siempre obraba así, con una especie de discurso de intenciones al revés que manifestaba a las claras su alto grado de maldad.

Era una manera de actuar muy perversa del Jefe, que se daba totalmente inconsciente en él. Era una voz muy profunda que en determinados momentos emergía y que lo conminaba a hacer lo contrario de lo que pensaba o decía. Roberto sentía un placer especial en traicionar a los demás y, por muy raro que parezca, en traicionarse a sí mismo. Este gusto lo había llevado al extremo de traicionar a su padre cuando lo denunció ante su madre por tener una amante. Esto fue lo que rompió el matrimonio de los Hart una primavera de 1950 cuando Roberto tenía 10 años. Tal vez ésta era la base del odio que sentía por las mujeres. Después del divorcio, Roberto sentía un placer inmenso en organizar con su pandilla de la Portales incursiones punitivas al barrio residencial donde vivía su padre con "esa empleadilla" y romperle los vidrios de su casa o poncharle las llantas del carro.

En ese momento se acercó Brenda a la camioneta del Naza, mientras el Chapeado se acomodaba en el asiento del chofer ya listo para partir. Llegó ella con su andar característico, como "muy sácale punta" lo que, por cierto, era de las cosas que a Juan más le gustaba de ella.

Se dieron un fuerte abrazo, un gran beso y se despidieron sin lágrimas como corresponde a una pareja formada por gente ruda. Sólo hubo un detalle de Brenda: de la pretina del pantalón se desprendió la Beretta .450 de Juan Crisóstomo Zurita Nazareno y se la dio.

—Esto es tuyo, siempre ha sido tuyo.

Juan Crisóstomo, con el pretexto de despedirse bien de Brenda, la jaló a un lado para preguntarle lo de Tomasito.

—El Jefe quiere la cabeza del ladino. ¿Qué hago?

—Tú no te preocupes, yo lo arreglo, mi Naza.

—¿De veras?

—Claro, te prometo que él tendrá la cabeza que quiere.

El Naza salió del rancho Las Moras con un mal presentimiento. Cualquier cosa que veía en el camino, un zopilote, un cuervo, un perro negro, lo tomaba como una señal que confirmaba su trágico destino.

Hicieron el trayecto por carretera, porque era más seguro según recomendó don Roberto. Pasaron por la ciudad de Tenosique, muy sencilla pero bonita, en donde bordearon el río Usumacinta que se tendía imponente sobre el terreno como una anaconda azul. Pasaron por Catazajá, Macuspana, Villahermosa, Cárdenas. Todo iba bien, entre albures y cervezas. Por eso, cuando Juan preguntó cuánto faltaba para Coatzacoalcos, el Chapeado le contestó:

—Como dieciocho *six packs*, jefe.

El viaje por carretera y la compañía forzosa hicieron que el Naza y el Chapeado cayeran en las confidencias, cosa que al Capitán le molestaba, pero accedió para no hacerse el ambiente pesado ahora que en Veracruz iban a estar fuertes los trancazos. Porque el Naza tenía un dicho que había sido su divisa en esta guerra en que se había metido hasta las manitas y que aprendió en el Ejército mexicano: "Las balas que matan a un oficial no vienen de enfrente, sino de atrás... Un soldado resentido puede soltarte un balazo por la espalda".

El Chapeado se le quedó viendo al brazo donde el Naza llevaba el tatuaje de la Santa Muerte, luego preguntó:

—Capitán, las lagrimitas negras debajo de la Santita ya son muchas... Va a necesitar el otro brazo y luego otro, como tres...

—Sí, claro, si es necesario hasta las nalgas —contestó con orgullo—, cuando llegué a Chiapas llevaba 19 y ahora son más de 60... Puro naco y uno que otro federal. La verdad es que ya me está fallando la puntería, porque la vista como que anda cansada.

—¿No estará enfermo, Capitán?

—No, para nada —contestó a la defensiva como si le hubieran metido la punta de un picahielo por el ombligo, porque sabía que la diabetes le estaba afectando también la visión.

Se quedó callado un rato, meditabundo, sumido en un sueño de vigilia, mientras el Chapeado nomás lo veía de reojo de vez en cuando, pensando que con su comentario la había *cajeteado*. Juan Crisóstomo agarró una cerveza de la hielera, le dio un trago largo al tiempo que veía la carretera y se perdía en el silencio, casi hipnotizado por la raya blanca y el verde interminable del paisaje. Arriba, los zopilotes parecían parte del firmamento. Luego le destapó otra cerveza al Chapeado, en una maniobra no tanto de cortesía —porque él no practicaba esas "mariconadas"—, sino para que éste no siguiera molestando con sus preguntas.

—Yo creo que es la edad que tengo y la chinga —comentó luego de un rato como volviéndose a conectar con el mundo, con la voz arenosa mientras entrecerraba los párpados a causa de la luz intensa de la mañana.

El Naza siguió con su monólogo sin importarle si el Chapeado lo escuchaba:

—Llega un momento en que el cuerpo comienza a protestar por todo y ni modo. Fíjate que uno de viejo no se da cuenta, Chapeado, porque la mente sigue estando joven como cuando andabas en los veinte, pero el cuerpo no respeta, ya no te responde igual y te mete en cada bronca porque ya no corres, te falta el aire, ya no disparas bien o te doblan de un solo fregadazo. Es entonces cuando piensas que hay que llevársela leve. Y te cae el veinte de que ya envejeciste. Es terrible saberlo.

—¿Y no ha intentado cambiar de vida? Dar un paso lateral porque...

El Chapeado pensó en decirle que a su edad ya se debe uno preocupar por el retiro, pero contuvo las palabras en la punta de la lengua y antes de que salieran mejor las aventó al camino en la forma de un grueso escupitajo. Tragó saliva y miedo. Porque hablaba con el "gatillo fácil".

—"Por qué" ¿qué, Chapeado? —El Naza preguntó hosco porque había pescado la intención en la última palabra que el Chapeado alcanzó a pronunciar.

—Le iba a preguntar que si ya tenía suficiente lana como para darse unas vacaciones —recompuso en el último segundo.

—No te creas, en este negocio no hay retiro ni jubilación, el único retiro es cuando te agarran o cuando te matan. Descansas en la cárcel. Sin embargo, no te creas, he ido juntando mis ahorros en unas cuentas en Texas y otras en Arizona. Creo que de plano cuando ya no pueda, le diré a don Roberto que me disculpe, que me pienso retirar a morir en otro lado. Espero que ese día el Jefe no me agarre a balazos...

—¿Y se irá solo?

—No, mi Chapeado, espero que la Comandante Brenda me siga, pero quién sabe... Ya ves cómo son estas mujeres de ahora. Está muy loca y la verdad no tengo ninguna seguridad de que sigamos estando juntos.

—Qué lastima. Y ella, ¿qué hace con su dinero? Pregunto, si no es indiscreción.

—Pues yo le dije que lo metiera a un banco en Estados Unidos, pero no me hizo caso. Le ha dado por gastar todo lo que recibe en joyas y ropa. Dice que no le interesa el futuro, que quiere vivir la vida ahora. Viaja a Mérida, a Oaxaca o al DF, con un montón de dólares y los gasta en joyería, en comidas, en bebidas carísimas, un poco como le hace el Jefe. Creo que son iguales. Guarda las joyas que más le gustan y luego en la noche o cuando se le ocurre las luce y se ve largo rato en el espejo. También modela vestidos bonitos, carísimos, de unas marcas francesas o gringas. Yo nada más me divierto. Porque tiene muchos más billetes de los que puede gastar.

Al Chapeado le quedó claro que la relación entre el Naza y la Comandante Brenda estaba agarrada con alfileres, y que podían quitarle los alfileres y meterse un balazo. Así pasaron el tiempo bebiendo cerveza y contando anécdotas. Se pararon varias veces a orinar a la orilla de la carretera. El Chapeado prendió la radio. Después de un rato tocaron el narcocorrido de don Roberto que se llamaba *El 76 lágrimas*:

"Nadie sabe dónde vive / nadie sabe quién ni cómo es / pero es el mero Mandón de las fronteras / respetado y temido por cualquier Gobernador / su mano se extiende así de larga / desde Altamira hasta San Pedro Sula / ahora va por la Unión Americana / Nicaragua y El Salvador".

—Uta, qué chingón está eso —gritó el Naza entusiasmado, mientras le subía el volumen al aparato de sonido—. El Jefe ya es famoso.

Más tarde, cuando el Naza se cansó de la cerveza jaló una botella de whisky Buchanan's Red Seal y se la fue tomando a pico.

Todo iba bien. Sin embargo, al salir de Cárdenas tuvieron un accidente: cayeron en un bache, se golpeó la camioneta por la parte de abajo. Sonó bastante feo. El Chapeado se bajó a ver, pero no encontró un daño grave. Sin mayor preocupación siguieron avanzando, hasta más adelante cuando una patrulla les hizo señas para que se detuvieran.

—¿Qué hacemos? —preguntó el Chapeado.

—Espérate tantito —contestó con toda calma Juan Crisóstomo—. Deja ver qué onda.

Un patrullero se acercó y el otro permaneció en el vehículo. Entonces, Juan puso la Beretta entre el asiento y su muslo derecho y el Chapeado sostuvo su arma con la mano izquierda pegándola a la puerta para que no la viera el uniformado.

—Tú el uno, yo el dos —ordenó Juan— cuando yo lo indique.

—Entendido —contestó el Chapeado.

—Buenas, señores —saludó el policía.

—Qué se le ofrece —respondió el Chapeado en plan brusco.

—¿Ya vieron cómo vienen tirando aceite? —señaló hacia abajo del vehículo.

—¿Apoco?

—Se les va a desbielar el carro. Qué bueno que los vi. Hay un taller allá adelante como a dos kilómetros sobre la carretera.

El Chapeado se bajó para ver. Efectivamente, un hilo de aceite estaba saliendo de la parte de abajo de la camioneta.

—Se agradece, poli —dijo el Chapeado.

El uniformado se le quedó viendo al reloj que llevaba el Capitán Zurita, un Cartier Ballon Bleu con corona de oro de 18 kilates y brazalete de acero y oro, cosa que notó Juan Crisóstomo a quien le daba gusto provocar envidias. Luego sacó un billete de doscientos dólares y se los estiró al policía: tenga para que se tome una cerveza. El uniformado estiró la mano para recoger el dinero. Sonrió y se llevó la mano a la cabeza como haciendo el saludo militar.

—Gracias, jefe... Pero cuídese porque con ese reloj que trae no lo vayan a agarrar los ratas.

—¿Esta porquería? —mostró la joya—. Es una copia, la compré en Tepito por doscientos pesos... Te la vendo por trescientos.

—No, jefe, gracias —el uniformado le hizo el fuchi.

En unos minutos estuvieron en el taller. Afortunadamente el tapón nada más se había aflojado, así que sólo lo apretaron y listo. Le pusieron el aceite faltante y siguieron sin problemas.

El Naza iba dormido cuando el Chapeado frenó bruscamente. En la entrada a Coatzacoalcos vieron como a unos cien metros un retén federal. Entonces los dos bajaron de la camioneta para entrar a pie a la ciudad. Se ajustaron las pistolas en la pretina, pero cuando estaban dejando la camioneta fueron rodeados por decenas de policías que portaban armas largas. Antes que dejarse atrapar ambos decidieron correr hacia la vegetación y comenzaron a soltar balas hasta que se les acabaron las municiones. Fueron detenidos sin violencia. Los subieron esposados a cada uno en un vehículo diferente, y les pusieron un costal en la cabeza. Más tarde llegó un helicóptero por ellos.

El ruido de las decenas de sirenas de las patrullas era impresionante. A tal punto que Juan pensó que en realidad iban a detener a peces muy gordos, sin sospechar que los peces eran ellos. A raíz de esto, el Naza siempre se preguntó por qué no lo habían matado ahí si había personal con armas largas y mira telescópica, también se cuestionó por qué no los habían golpeado y por qué la persecución y la balacera fueron filmadas por la televisión.

Tres días después los presentaron ante los medios de comunicación de la capital del país, prensa nacional e internacional, radio y televisión, junto con otros seis individuos a los que ellos no conocían. Alguien en la ciudad de México ordenó que se diera un enorme despliegue noticioso. La prensa presentó a Juan Crisóstomo Zurita Nazareno como "El Capo de las Drogas del Sureste" o como el terrible "Lugarteniente del cártel de don Roberto", reclamado por la DEA. Y al Chapeado lo exhibieron como su sanguinario Jefe de Sicarios. De paso, por ahí salieron a relucir decenas de paquetes de cocaína y un cerro de mariguana, veinte rifles AR 15, una *bazooka*, una ametralladora Thompson calibre 50, diez pistolas (entre ellas la famosa Beretta Storm .450 ACP del Naza), granadas, equipo de comunicación "sofisticado", trajes camuflados tipo militar... Pero el reloj de oro de 18 kilates del Naza nunca apareció.

Los dos fueron a parar a una prisión de alta seguridad en donde tendrían mucho tiempo para pensar si su captura fue un acto verídico o una puesta en escena en la que ellos participaron como actores involuntarios. El Naza empezó a dudar de todos... hasta de Brenda.

Desquiciados

La Comandante Brenda dejó a las puertas del rancho de don Roberto una cabeza humana parecida a la de Tomasito Aranda —"todos los nacos se parecen", dijo—, junto con las botas del Profeta.

Roberto no le dijo nada del incidente de Coatzacoalcos, pero cuando la Comandante Brenda se enteró por medio de la televisión de la captura del Naza y del Chapeado y vio el enorme despliegue noticioso que suscitó, entre otras cosas el video repetido más de cien veces de la persecución a sus compañeros, se encendieron las alarmas interiores que la prevenían de un peligro inminente.

"Esto es una telenovela mal hecha", expresó para sí misma, mientras amontonaba sus joyas en una maleta deportiva. Pero astuta como era, Brenda no dejó ver nada de su inquietud ni asomo de duda hacia don Roberto, mucho menos de su odio que como ácido le estaba corroyendo el corazón. Mostró, eso sí, una preocupación "normal" por la caída de un "compa" que, además, era su pareja sentimental. Eso fue todo.

Los golpes los tenía Brenda por dentro. Y no era a causa de la captura de Juan Crisóstomo Zurita Nazareno, que tal vez ni le importaba —"ese pobre pendejo", se repetía a sí misma—, sino de una realidad que ya no aguantaba. Desde su llegada a México Brenda era otra Brenda. Atrás había quedado la guerrillera partidaria de los pobres. La que gritaba a los cuatro vientos su apoyo a los campesinos e indígenas y repetía que el amor es la fuerza que impulsa a los revolucionarios. En Chiapas se había convertido en una mafiosa. Se produjo un desgarramiento de su persona entre un pasado justiciero y su presente delictivo. Esta tensión la estaba partiendo en dos. De ahí su inestabilidad, su violencia salvaje, su odio contra todo.

Sin embargo, para no desquiciarse hacía un ejercicio mental: imaginaba que quien mataba, cometía robos, se deleitaba torturando o llenaba las fosas clandestinas con cientos de cadáveres, no era ella, sino la "otra" Brenda, la salvaje, la narcotraficante. En sus ejercicios mentales repetía que no debía hablar con los enemigos, no tocarlos, no verlos a los ojos, salvo para saber si estaban lo suficientemente torturados o muertos. En suma, tratarlos como a cosas. Debía ser durísima, de mármol, de acero. Tenía que descargar sobre los prisioneros todo su odio por esta puta vida que le había tocado. Se estaba convirtiendo en lo que más aborreció en la vida: en un oficial de la Escuela de Entrenamiento Básico de Infantería, fuerzas de elite de Anastasio Somoza. A tal grado corrió su fama por los pueblos que los indígenas del Petén guatemalteco y de la selva chiapaneca la apodaron la Marota, asesina de hombres.

Pero toda roca, todo árbol, incluso el metal más duro, tienen su punto débil, es sólo cuestión de encontrarlo. Éste fue el caso de la sentencia de muerte a Angie por parte de don Roberto, la crueldad extrema hacia ella, así como la entrega tan descarada y vil del Naza a la policía... Todo esto le movió el piso. Fue como un terremoto que le mostró de golpe el fin que le esperaba a ella. Porque lo más probable es que un día Roberto se cansara de Brenda y la vendiera como se vende un marrano. Entonces le aguardarían treinta o cuarenta años en una cárcel mexicana de máxima seguridad con todo lo que esto conlleva: incomunicación, silencio, privaciones de todo tipo, torturas... en resumidas cuentas, una muerte lenta. Cadenas, encierro, para alguien a quien la libertad individual es lo más preciado, algo que no estaba dispuesta a que le quitaran. Por eso tenía que dejar abierta una puerta, aunque fuera pequeña, para poder escapar. Pero, ¿cuál?

Por otra parte, como pocas veces don Roberto estaba confundido. Su mente astuta esta vez no supo interpretar la actitud tan "quieta" de Brenda. En estos casos lo demasiado normal se vuelve "anormal" y por tanto sospechoso. Entonces todo se convirtió en un juego de desconfianzas mutuas entre él y ella. Un juego de inteligencias entre espíritus diabólicos, entre seres totalmente desquiciados. Porque ésa es la palabra: desquiciados.

—Este hijueputa no me gana —pensaba la Marota con rabia... y lo mismo hacía don Roberto respecto de ella.

Prosperidad

Poco después de la captura del Naza y de que los guerrilleros de la selva recibieran su cargamento de armas modernas que les envió don Roberto a cambio de que dejaran pasar sus cargamentos de droga en la selva, el Jefe se sintió más cómodo. El negocio se fue para arriba. Fueron llegando carretadas de dinero. Y más cuando don Roberto y sus hombres comenzaron a controlar el trasiego en Quintana Roo. A las costas de esta parte del país llegaban con más frecuencia embarcaciones repletas de cocaína, mariguana, procedentes de Venezuela y Colombia. Ahí estaba el verdadero negocio porque el trafique por la selva aunque era bueno se mantenía en baja escala en comparación con el caribeño. Era más fácil navegar el Caribe que atravesar la selva del Petén.

El problema ahora fue cómo lavar tantos dólares. Todo el año de 1993 fue fabuloso para Roberto Hart. Comenzó a comprar ranchos y casas en todo Centroamérica y en el sur de México; lo mismo hizo en la frontera norte, donde adquirió mansiones enormes del lado de México y de la Unión Americana. También compró empresas modestas o en quiebra y las aventó para arriba, lotes de autos, constructoras de vivienda, casas de empeño, hospitales, periódicos, bancos. Se asoció con empresarios. Todos esos negocios le redituaban dólares limpios que iban a engrosar sus cuentas en el extranjero, en Suiza, en Islas Caimán o en las Bahamas.

En Chiapas, don Roberto y Brenda comenzaron a comprar mansiones coloniales, bellísimas, enormes: fincas cafetaleras en el Soconusco, residencias en San Cristóbal, Tapachula, Tuxtla... inmuebles con albercas de agua corriente, con salas de juegos, salones de baile, con cines particulares, capillas y campos de golf privados. A sus ranchos llegaron manadas de caballos pura sangre, ganado vacuno de lo mejor de Europa y Estados Unidos. Cuando Brenda quiso un zoológico lo montó en su casa de Ocosingo a las puertas de la selva, a la que llegaron por capricho de ella puros leones blancos, albinos; le encantaba jugar con los cachorros. Organizaban fiestas a las que invitaban a artistas de moda, de radio, cine y televisión, de México y de Hollywood, donde corría el dinero y las drogas a pasto. Les pagaban cantidades fabulosas a famosos grupos de rock por ir a esos lugares. Contrató soldados de fuerzas especiales de América Latina, combatientes desplazados por la edad o el fin de las guerras centroamericanas de los años setenta y ochenta, para engrosar sus ejércitos privados... que llegaron a tener hasta 500 hombres en armas. Ejércitos que comenzaron a retar al Estado Mexicano.

El problema ahora era dónde meter tanto dinero que no venía limpio. En los bancos mexicanos los amigos de Roberto, gerentes y ejecutivos, se hacían de la vista gorda y le compraban sus dólares, pero ya no podían guardar más. No quedaba de otra más que acumularlo en efectivo, en una de sus casas. Escogió la de Ocosingo por su proximidad a la frontera. El rancho Las Moras, no porque sintiera nostalgia de haber sido su primera gran propiedad, era una vieja hacienda con infinidad de cuartos. Tantos que Brenda y su gente no habían podido terminar de explorarlos. Entonces ella recibió la orden:

—Hay que meter el dinero en efectivo en esos cuartos, ponerles puerta de metal y almacenar ahí los dólares.

—Pero van a estar a la vista de todos —aclaró ella.

—Entonces qué propones —preguntó enojado don Roberto.

Brenda se acercó a los muros, golpeó con el puño y dijo:

—Podemos construir en todos lo cuartos dobles paredes. Empacar bien el dinero y meterlo ahí. Para taparle el ojo al macho pondremos algunos mueblecitos y ya.

—No está mal la idea... Encárgate tú —respondió don Roberto evadiendo la responsabilidad, estaba más preocupado por la situación política del país.

—De acuerdo, Jefe... Pero voy a tener que traer albañiles y hasta un arquitecto.

—Haz lo que quieras —le contestó de malas—. A mí no me fastidies.

El arquitecto

Luego de la orden dada por don Roberto con tanta urgencia, Brenda se dedicó a buscar un arquitecto en Guatemala y les encargó a sus muchachos llevar albañiles, pero bajo reserva. Pues nadie debía saber del proyecto.

De entre los inmigrantes que llegaban escogieron a unos treinta que sabían de albañilería más otros diez secuestrados de Tapachula. El arquitecto fue fácil de localizar dada la buena cantidad de dinero que se ofrecía por su trabajo. Brenda habló personalmente con Teodoro Harris en la ciudad de Guatemala, le explicó que era un proyecto muy reservado y que, si estaba dispuesto a colaborar, no debía platicar de esto con sus amigos ni con sus familiares. El arquitecto estuvo de acuerdo, fue a visitar el casco de la hacienda donde vivían don Roberto y Brenda cerca de Tenosique. Mejor dicho, un día lo llevaron con los ojos vendados a bordo de una camioneta.

Harris revisó las habitaciones, se admiró de lo bien construidas que estaban, pertenecían a la mitad del siglo XIX. El casco era lo que quedaba de una enorme hacienda que se dedicó a la siembra de algodón, de caña y a la producción de azúcar. Con otros obrajes como carbón, madera y alcohol. Lo que quedaba eran dos pisos con habitaciones altas y de muros muy gruesos, con mosaicos y azulejos italianos, y buenos detalles ornamentales en la fachada. Hacia el frente había una fuente de piedra con la escultura de un ángel copiado de alguna escultura italiana. Éste era el sitio donde antiguamente llegaban las carretelas para estacionarse en la entrada de la casa principal.

En el segundo piso todas las habitaciones del frente tenían balcones con herrería artística, vidrios biselados y puertas de caoba. El casco era un rectángulo en cuyo centro había un patio con una gran escalera de piedra que conectaba las habitaciones de descanso. En la planta alta estaban las oficinas de don Roberto, su estancia, su salón de cine y televisión. En la planta baja había una habitación espaciosa en donde había colocado el bar, un bar surtido con las mejores bebidas, dos salas, un comedor enorme y una espaciosa cocina colonial —orgullo de doña Chuy— con su fogón de ladrillo, mosaico de talavera, gruesa herrería y una preciosa y gigantesca campana de cobre. Tenía además un horno de piedra para hacer pan y todo tipo de exquisiteces que le gustaban a don Roberto. Debajo de esta cocina había una gran alacena y una cava.

Brenda le explicó al arquitecto Teodoro Harris que el trabajo debería quedar terminado en un mes. Le dijo que el espacio entre las dos paredes iba a ser ocupado como almacén para ocultar cosas de mucho valor, que debería ser a prueba de humedad, intrusos, zapapicos, balas, y que debería contar con una sola entrada muy discreta con una puerta también a prueba de saqueadores.

—Si no es mucha indiscreción, dígame qué va a almacenar, para así escoger bien los materiales —preguntó el arquitecto Harris.

Brenda se quedó callada unos minutos, se acercó a él y en plan confidencial le dijo:

—Mire, no debería yo decirle nada, pero como me inspira confianza y se ve que es un señor muy profesional, le confiaré el secreto.

—Sí. Es necesario para hacerle un buen trabajo.

—Mire, arquitecto, se trata de guardar billetes, muchos dólares. También joyas. Es todo lo que le puedo decir.

—Ah, caray —Teodoro Harris se rascó la cabeza—. Mire, si de eso se trata, yo le recomiendo mejor cavar un sótano grande, con estantes, gavetas y un sistema electrónico de acceso. Algo prácticamente impenetrable. Le digo esto, porque al crear muros dobles con espacios entre paredes, se nota inmediatamente que está sobrepuesta una pared a otra.

Brenda tomó su teléfono y habló con don Roberto. Su respuesta se alcanzó a escuchar a varios metros: a gritos le repitió que ella se debía encargar de todo y que no lo estuviera molestando, que estaba ocupado en cosas más importantes. Brenda se volvió a acercar al arquitecto y le dijo:

—Adelante, me gusta más esta idea suya. Solamente dígame lo que necesita.

—Maquinaria pesada, uno o dos trascabos para hacer rápido el trabajo de excavación, así como arena, piedra, cemento, ladrillos, varillas, láminas de acero y albañiles. Le paso una lista hoy mismo... Y la mitad del dinero por adelantado.

—Correcto, le voy a enseñar su cuarto. Le advierto que si quiere salir de aquí sin permiso, tenemos guardias con la orden de disparar.

—No tengo ningún interés en irme, señorita —la miró a los ojos.

ॐ

Los trabajos avanzaron rápidamente. Era una habitación de siete por siete metros, con paredes de concreto de cincuenta centímetros de espesor, piso y techo del mismo grueso, con un único acceso que daba a la oficina de don Roberto, cuya entrada se disimulaba por una chimenea que, cuando se movía, dejaba al descubierto una escalera iluminada. Al abrir la primera puerta de acceso automáticamente se encendía un sistema de inyección de aire. Si por alguna razón un extraño entrara en ese sótano a los poco minutos se quedaba sin oxígeno. El arquitecto colocó ahí una estantería pegada a las paredes. El sótano también podía servir de "cuarto de pánico", con camas, agua y una despensa que podía alimentar a una familia por meses.

Algunas tardes, después del trabajo, el arquitecto Teodoro Harris se sentaba a platicar con Brenda a la sombra de los laureles, mientras veían cómo declinaba el sol. Tomaban el trago especial de la casa: jugo de mandarinas con mezcal. El estadounidense le hablaba de su casa en Texas, de su pasión por la arquitectura y la música. A la Comandante le fue llamando la atención que con aquel hombre no se hablara de armas, de combates, de hazañas, de golpes y de torturas, sino de arte y de literatura. Conversaban sobre la historia de las catedrales de México y de Europa. La enseñó a oír música, le recomendó discos y novelas que Brenda hizo traer inmediatamente de San Cristóbal. Con el paso de los días, la Comandante se fue sintiendo bien con Harris, demasiado bien al lado de este hombre que representaba algo completamente distinto a su mundo. Tal vez era una luz, pequeña pero al fin luz en este mundo de sombras en que se había metido. Es posible —pensó— que otra vez el destino le abriera una puerta.

Un día Brenda confirmó que esa puerta se entreabría. Esa vez Teodoro le fue enseñando las cartas que enviaba a su familia en San Jacinto, Texas. Unas cartas donde hablaba que la había conocido a ella, una mujer llamada Brenda Ituarte, a la que admiraba por su carácter y quien "sabía usar muy bien una pistola Smith & Wesson de la que no se despegaba ni para dormir". Brenda sonrió al leer esta última parte, pero sintió un vuelco en el corazón cuando vio escrito que Harris alababa su belleza e inteligencia. "Es una mujer que merece lo mejor de la vida, al lado de un esposo que la quiera mucho y la respete". Teodoro abrió sus fotografías familiares: ahí estaban su madre Helen, y sus dos hijas Danna y Sophie, unas niñas de nueve y diez años, respectivamente. Se las mostró con orgullo y amor. Brenda preguntó por la madre, y Teodoro aclaró que ella había hecho su vida aparte, estaban divorciados. Le mostró también fotografías de su casa, y a las niñas y a la abuela en el pórtico. Teodoro le dijo que debería ir a Texas a visitarlo. Brenda respondió que su deseo era vivir en Estados Unidos. El arquitecto se ofreció a ayudarla. Remarcó que si quería ésa podía ser su casa. La Comandante le dio un beso en la mejilla.

Faltando unos días para terminar la obra, Brenda le comunicó al arquitecto que se necesitaba hacer una salida de emergencia que terminara más allá de los límites de la propiedad. Le pidió que echara un vistazo en los alrededores para determinar la mejor orientación y el sitio de salida.

—La verdad es que no confío en nadie... ni en mi sombra y menos en mi propio Jefe. Pienso que un día la voy a necesitar.

Entonces Teodoro Harris se le quedó viendo con sus ojos grises mientras sonreía:

—Ay, Brenda, creo que ya me le adelanté a su plan. Le voy a decir mi secreto, aunque sé que es muy peligroso para mí...

Brenda se quedó confundida y entonces empezó a oír la historia de los antiguos maestros constructores de fortalezas y castillos en la vieja Europa. De cómo después de construir pasillos secretos, cámaras para tesoros, eran asesinados por los reyes para que no revelaran la información. Por eso los antiguos constructores dejaban libre una salida secreta para ellos y así podían escapar de la segura muerte.

—Lo que usted pensó que era un drenaje es en realidad una salida que da al campo —comentó el arquitecto—. Ya está hecha.

Brenda se puso feliz de oír esta historia y le dio un beso. Luego agregó:

—Pierda cuidado, esto es exclusivamente entre nosotros. Me ha devuelto la vida.

Justo a los veinte días fue terminada la obra. Había quedado muy bien. Todo el sistema electrónico fue traído directamente de Estados Unidos en vuelos privados. Llegó la hora de dejar en libertad a los albañiles y maestros de obra. Al arquitecto le dieron su dinero, una maleta llena de billetes. Pero antes don Roberto le pidió un favor: quería poner una alberca en los linderos del rancho, así que le ordenó que excavara con su maquinaria un gran hueco. Así se hizo. Una noche antes de que lo liberaran del trabajo, cuando el arquitecto se preparaba para huir por la salida de escape, una ráfaga de AK 47 lo mató. Lo mismo pasó con los cuarenta trabajadores que participaron en la construcción del sótano. Todos fueron arrojados al hueco que había abierto Harris.

La traición

La gente de don Roberto sabía muy bien que en este negocio existe una ley no escrita que casi siempre se cumple: "Todo poder económico demanda su correspondiente poder político". Y eso en México quería decir controlar desde policías municipales hasta gobernadores, pasando por ediles, jueces, ministerios públicos, policías federales, jefes de zona militar, diputados y senadores. Por eso el Jefe había mandado matar al profeta Tomasito Aranda. No porque le tuviera coraje o celos de que se anduvo encamando a su mujer, sino que tarde o temprano iba a ser su rival político, y más que político su rival mafioso, quien le disputaría el poder en la frontera. Y antes de que eso ocurriera, había que mandarlo al infierno.

Hasta ahí las cosas marchaban bien para el cártel de don Roberto. Sin embargo, empezando 1994 lo recibió la noticia de un levantamiento armado en la selva cerca de la zona donde operaba su trasiego de droga. La vigilancia de la policía y del Ejército aumentó, y el flujo de mercancía se redujo. En esas andaba cuando, para acabarla de amolar, ocurrió el asesinato del candidato a la Presidencia de México, su amigo, el que lo iba a llevar a ocupar otra vez un alto cargo en el nuevo gobierno. La noticia lo aplastó.

Otra vez a malbaratar propiedades, a almacenar dinero en efectivo en el sótano sellado que construyó Harris. Había que matar a todos los testigos que supieran del negocio, amigos o enemigos. Las fosas clandestinas se multiplicaron en la frontera sur de México sin que nadie entendiera qué estaba pasando. El gobierno mexicano preocupado por las repercusiones internacionales empezó a preguntar, pero don Roberto respondía con toda tranquilidad:

—Mire, señor Secretario, en la selva hay grupos de guerrilleros comunistas y cuando se enfrentan con los soldados se producen esas matanzas. La Guerra Fría terminó en el mundo, pero no ha terminado en Centroamérica. La mayoría de los muertos no son mexicanos —contestaba con una sonrisa. Y esto era lo que se informaba a Washington.

Ese 23 de marzo de 1994 cuando mataron a su candidato, don Roberto estaba abatido como nunca antes lo había visto Brenda. Él comentaba cabizbajo ya con una botella de whisky encima:

—Era un tipo a toda madre, le encantaba la buena comida como a mí, la buena bebida y la buena ópera... No puedo creer cómo no lo cuidaron bien esos estúpidos. Él me lo comentó todas las veces que lo vi en estos últimos tiempos: "Beto Hart, creo que no me quieren para Presidente. Si la decisión viene de más arriba no puedo hacer nada más que aguantar a ver qué pasa".

Tomaba un trago y seguía:

—Eso me lo decía él con sus ojos tristones, como resignado a lo que viniera.

Brenda se acercó a oír lo que recordaba don Roberto de su amigo. Pero la plática del Jefe era interrumpida a cada rato por llamadas telefónicas que le consultaban qué hacer.

Roberto se volvió a sentar, lo que aprovechó la Comandante para preguntar en plan ingenuo para saber en qué nivel de peligro estaba:

—Pero seguramente el nuevo candidato será amigo suyo. ¿No, don Roberto?

—No lo sé, para eso me han estado llamando toda la mañana. Quieren ver si yo sé el nombre del nuevo candidato... o si tengo la pista de quién lo mandó matar. Está dura la grilla, Brenda, voy a tener que salir inmediatamente a México para estar en el momento en que tomen la decisión.

—Qué mala suerte...

—Mala no, pésima. Caray, la jugada ya la teníamos hecha.

Al día siguiente, don Roberto salió rumbo a la ciudad de México en un jet privado. Una semana después regresó a su rancho. Desde que Brenda lo vio bajar del carro y le miró el rostro y el cuerpo con cinco kilogramos menos supo que no le había ido bien. Casi ni se fijó en ella. Cuando Brenda se acercó a saludarlo, él le dijo con gesto agrio:

—Sigue la mala racha, van a poner de candidato a Zedillo... mi enemigo.

—Qué lástima.

—Tráete a los muchachos, vamos a hacer una junta ahorita mismo, tenemos que movernos rápido —manoteó don Roberto.

Ya en la junta con sus comandantes, les dijo directo:

—Me he quedado sin apoyos políticos, sin protección. La gente que va a llegar a la Presidencia del país quiere acabar conmigo. Tenemos que salir de aquí lo más pronto posible, antes de que nos avienten al Ejército.

Ante esto don Roberto tuvo la idea de volver a establecerse en el Petén guatemalteco para consolidar la ruta desde allá hacia Chiapas. Iban a ser otros seis años de andar a las escondidas. Así que sacó parte de los billetes que tenía almacenados y compró tres ranchos en Laguna del Tigre, con pistas para avionetas, y con caminos que se internaban por la selva y que comunicaban entre sí las propiedades; caminos que llegaban casi hasta la frontera con México. Ahora los ranchos iban a tener una fachada legal. Don Roberto se convertiría en el gran empresario de las maderas preciosas y el cultivo de la palma africana. Compró baratísimo grandes extensiones de tierra: "caballerías" y "caballerías" —así miden sus tierras los guatemaltecos— hasta donde la vista alcanzara. Su idea era permanecer en los dos lados de la frontera. Estar un tiempo en el rancho Las Moras y si había peligro mudarse a Guatemala y al revés.

Una vez hecho esto, se sintió tranquilo y entonces decidió atacar otro asunto que había quedado pendiente y que traía como una piedra en el zapato: Ya sin la presencia molesta del Naza y del Profeta empezó a acosar sexualmente a Brenda... Y por supuesto que ella no se opuso. Pero fue como el choque de lava con un glaciar, un resultado explosivo.

Todo empezó porque había algo que no le checaba a don Roberto acerca de la muerte de Tomasito Aranda: él esperaba muchas protestas, gritos, zafarranchos, para vengar a su Profeta, pero hubo muy pocos reclamos, la gente más bien tomó el hecho con calma. Esa "calma" es la que inquietó al Jefe. De inmediato pasó por su cabeza que el Naza lo había engañado y que en realidad el Profeta no había muerto. Que esto pasara con Juan Crisóstomo de quien ya le había entrado la desconfianza tenía lógica, porque era un tipo en decadencia, pero que la Comandante Brenda se prestara a estos juegos es lo que no le cabía en el cerebro. En vista de lo cual mandó a hombres de su confianza a investigar qué había pasado con el Profeta.

La respuesta de sus espías fue muy clara y sencilla: Tomasito estaba muerto, pero nadie sabía el lugar de su sepulcro. Si no había cuerpo, no había muerto, concluyó don Roberto.

El Jefe no contó con que la gente de Tomasito le tenía aprecio a Brenda, por eso fue avisada de que unos hombres extraños habían ido a la iglesia a hacer preguntas acerca de Tomasito con el pretexto de dar una aportación monetaria para el templo. Esto a Brenda se le hizo muy extraño y antes de que don Roberto se enfrentara con ella, decidió hablar con él.

—Felices los ojos que te miran, Brenda. En qué te puedo servir —fue lo primero que dijo el Jefe en cuanto la vio entrar a su habitación.

Esa vez la Comandante vestía una blusita amarrada arriba del ombligo que resaltaba su generoso busto y un short blanco pequeñito que con el sudor dejaban ver unas nalgas hermosísimas.

—En nada, don Roberto, a mí solamente me trae el deber que tengo con usted de hablar sobre un asunto grave y mostrarle una vez más mi lealtad.

—Ah, chingá, hasta parece que me vas a salvar la vida, Brenda —comentó al tiempo que aventaba el periódico que estaba leyendo.

—Pues algo hay de eso...

Don Roberto se sentó en su sillón favorito para estar más cómodo y para disfrutar mejor la visita de la Comandante. También abrió exageradamente las piernas en un ademán netamente sexual y ella, sabiendo que era observada, se agachaba para enseñar más busto o se ponía de perfil para mostrar más la curva del trasero. Por eso decidió no sentarse y mejor dar unos pasos por la sala con el pretexto de mirar la colección de figuritas eróticas prehispánicas de barro que coleccionaba don Roberto.

En cambio, el tono de voz del Jefe le dio a Brenda la clave del grado de excitación que él estaba alcanzando.

—No me tengas esperando —carraspeó ocultando la tensión—, ya dime.

—Claro que sí —se puso seria—, estuve investigando lo que realmente pasó con Tomasito. No es justo que le mientan, don Roberto. Le puedo asegurar que el maldito ladino no está muerto.

—¿Cómo? —preguntó el Jefe sin alterarse para dar la idea de que él lo tenía todo bajo control—, pero si enterramos su cabeza y sus apestosas botas.

—Me parece que el Naza le mintió, Jefe... en realidad Tomasito está en la selva refugiado con el grupo de guerrilleros.

—¿Seguro?

—Claro, como que con estos ojos —señaló— lo vi de lejos hace unos días aunque se quiso esconder.

Brenda estaba parada junto a un librero y don Roberto se le acercó lentamente.

—Ordene, Jefe, qué hacemos.

—La orden sigue siendo la misma, pero ahora necesito no sólo la cabeza de ese hijo de puta sino el cuerpo completo. Y esa orden es para ti... llévate a los mejores muchachos para que te ayuden a traerlo.

Don Roberto le pasó el dorso de la mano por la mejilla y al dejarla caer rozó intencionalmente uno de los pezones de Brenda. Ella se estremeció.

—Ya estaba dudando de ti, la verdad es que sabía que Tomasito estaba vivo, pero no dónde andaba escondido.

—Pues le pido que no dude de mí.

Don Roberto hizo un movimiento muy rápido con la cabeza y le pesco entre sus dientes el labio inferior a Brenda. A pesar del dolor, la mujer no se amilanó y dejó al Jefe que la siguiera mordiendo, solamente se limitó a probar con sus dedos si le había roto el labio. Miró la sangre y exclamó:

—Si no me voy a echar a correr, Jefe, no necesita ser tan atrabancado conmigo.

—¿No?

Mientras la veía a los ojos, el Jefe metió su mano derecha debajo de la cabellera alborotada de Brenda, agarró su abundante pelo y luego con un movimiento rápido, violento, la llevó hacia abajo e hizo que se hincara frente a él. Le sostuvo la cabeza enérgicamente agarrada contra su pelvis. Ella resintió en su paladar el empujón del cartílago.

Entonces empezó un ejercicio en el que no se sabía bien a bien si era un acto sexual o una batalla. Don Roberto le dio manotazos en la cara, en los pechos y nalgas. La tomaba a mordiscos en las partes más carnosas. Por su parte, Brenda le apretaba las bolas con violencia. Cada golpe de él tenía una respuesta; cada mordisco, un rodillazo. Ella le propinaba golpes de karate, le picaba las costillas, los riñones, la garganta, los genitales. En realidad era un juego de poder para ver quién dominaba a quién. En el fondo lo que se estaba cocinando era el poder disfrazado de acto carnal entre dos seres trastornados.

La penetración iba a ser el punto decisivo de esta batalla entre sádicos. Cuando don Roberto quiso entrar en el cuerpo de ella, de manera totalmente inconsciente la vagina de la Comandante se cerró tan fuerte que no pudo ser penetrada. Era imposible siquiera meter un dedo. Con razón en algunos shows porno que el Jefe había presenciado en California o en Las Vegas, subían al escenario mujeres que podían destapar cervezas con los labios vaginales o romper objetos. Don Roberto lo intentó varias veces, pero fue rechazado en todas sus acometidas, cosa que lo acicateaba más, se ponía más violento, gritaba, mentaba madres, golpeaba. Sin embargo, veía desconcertado cómo Brenda ni tenía miedo ni se oponía, antes bien cooperaba poniéndose lubricante, abriendo mucho las piernas. Pero nada, los músculos vaginales estaban bloqueados... Temeroso de fracturarse el pene, Roberto Hart desistió. Finalmente terminó con el miembro flácido. Lo que fue aún más humillante. Todo para él fue un desastre.

En el reposo, Brenda se acercó a Roberto, quien la seguía rechazando. Ella le pasó una mano por el escaso vello canoso hasta reparar en el tatuaje igual al del Naza que llevaba el Jefe en el pecho. Era la Santa Muerte con su guadaña y un racimo de lágrimas. Brenda contó 76. Preguntó:

—¿Éstos son a los que te has echado?

—A los que me he echado por mi propia mano... Faltan los que he mandado matar —aclaró—, pero ésos no los cuento.

Brenda volvió a pasar la mano sobre la imagen y sobre el pecho de Roberto. Luego se fijó bien en el tatuaje. Empezó a contar:

—Oye, pero están solamente 75 lágrimas rellenas de tinta negra, te falta una. ¿Eso qué quiere decir, que otra más y te retiras? —quiso bromear.

Don Roberto se levantó bruscamente, se apoyó en los codos y con la mirada inyectada de odio escupió:

—La 76 la estoy guardando para ti, pendeja.

Enseguida el Jefe le metió en la boca el cañón de la Glock y lo estuvo jugueteando con violencia en su lengua, paladar y hasta la garganta. Después de un rato de pretender atormentarla con la amenaza de dispararle, la Comandante se vistió en silencio consciente del enojo del Jefe por la derrota sexual que acababa de sufrir. Sin embargo, era una victoria que ella no podía presumir. Él quedó herido profundamente en su orgullo y eso era muy peligroso.

Don Roberto estaba sumamente molesto buscando venganza contra lo que primero apareciera. Él no sabía qué había pasado con Brenda. Pero mientras lo averiguaba no se quedó con las ganas de terminar, por eso esa misma noche organizó una más de sus "cacerías", otra vez en territorio guatemalteco.

La pareja

No lo quería aceptar, pero don Roberto estaba a punto de caer en ese componente del amor que dicen los psicólogos es el apego por el otro. Sin embargo, se sumergía en el lodo espeso y fétido del amor-odio. Al principio la relación entre don Roberto y Brenda fue un endemoniado juego de poder encubierto en una atracción sexual que buscaba no sólo placer, sino provocarse el mayor daño posible. Era un amor de *mantis religiosa*... Una relación de locos, de suicidas, de esquizoides que no reparaban a quién llevarse entre las patas. Su relación era algo concebido en el infierno: se amaban sin reconocerlo ante ellos mismos y menos ante los demás, pero al mismo tiempo se odiaban con un sentimiento extremo, sin tregua ni penitencia. Estaba claro que al menor descuido de cualquiera se asesinarían. Por eso nunca durmieron en la misma cama y en el reposo del amor cada cual mantenía bajo la almohada la Beretta o la Glock .25 sin los seguros puestos.

De continuo la Comandante Brenda recordaba la primera impresión que le había causado el Jefe. De inmediato sintió desprecio por él, un tipo pequeño, enclenque, de brazos y piernas flacas, y mirada pervertida. Cuando se lo presentaron pensó que era un enfermo mental en rehabilitación. Un prófugo del manicomio. Sin embargo, poco a poco se fue fijando en el Jefe, le encontró ángulos que otras mujeres no habían podido verle tal vez por miedo, cosa que Brenda nunca tenía: aparte de su astucia de coyote y su peligrosidad de serpiente venenosa, había en él un cierto carisma y ese toque brillante para hacer las cosas, esa chispa de creatividad que lograba que la peor empresa saliera bien.

Ella deseaba estar con él, sentirse querida, pero al mismo tiempo iba pensando en todas las formas posibles de matarlo: venenos, un disparo, ahogamiento, golpes, caída, apuñalamiento. Estaba convertida en una loca, deseándolo y rechazándolo, queriendo con toda el alma que la penetrara, pero cerrando ferozmente su vagina en complicidad con el subconsciente. Lo más que logró don Roberto después de mucho insistir, fue sexo oral prolongado y que le permitiera penetrarla por el recto. Entonces eran largas sesiones en las que se encerraban en su casa sin siquiera tener la precaución de cerrar las puertas, de tal modo que todos eran testigos —en especial la cocinera doña Chuy— de las caricias, pero también de los golpazos que se propinaban. Ellos dos podrían haber escrito conjuntamente un nuevo libro *Los ciento veinte días de Sodoma* y hablar de tú a tú con el Marqués de Sade. En un momento pasaban del amor al odio, sin escalas, sin avisos ni miramientos. Porque ambos estaban hechos para fornicar hasta en el infierno.

Sin quererlo habían formado una pareja que se complementaba totalmente en los territorios de la psicosis. Don Roberto nunca había conocido una mujer así, más allá de su físico que era impresionante, tremendamente llamativo, más allá de su sensualidad al hablar, al caminar, tenía el atractivo de la inteligencia y sobre todo esa seducción que ejerce el peligro. El riesgo que representaba para él esta mujer que lo podía matar en cualquier momento, hasta fornicando. Era, en suma, la pareja ideal para un tipo tan enfermo como él.

Pero eso, en vez de impulsarlo a huir o atacar a la Comandante, el Jefe sentía deseos por seguirla. En la madurez de su vida se dio cuenta de que le atraía demasiado la Santa Muerte, la Niña, como ahora le atraía Brenda. Una era su virgen terrena de carne y otra era su espíritu protector al que mantenía su altar secreto. Ambas habitaban el mismo espacio de su corazón y sus delirios.

Roberto Hart Ibáñez estaba consciente de que el cariño volvía débiles a los hombres, tal vez demasiado y no podía permitirlo. Recordaba que a su madre la había abandonado su padre por una "gata" precisamente por débil. Por eso él tenía que ser fuerte, tremendamente poderoso, para que nadie lo abandonara.

Naturalmente que Brenda llevaba la de perder, y lo tenía claro, por eso de manera hábil logró equilibrar las fuerzas por el lado de hacerse indispensable. Había cosas en las que no podía ser reemplazada. Por lo tanto no podía ser asesinada. Si no, con qué gusto don Roberto le hubiese metido un balazo en la cabeza, previa tortura, para que en el infierno contara esta mujer con qué hijo de la chingada no había que meterse.

La Marota

Al día siguiente de la batalla descomunal entre las sábanas de don Roberto, la Comandante salió a su acostumbrada caminata. Iba metida en sus rencores, pero desde que los guardias la vieron salir de su casa notaron que caminaba extraña, cojeaba, luego, a medida que se acercaba a ellos, se fue haciendo notoria la hinchazón de la boca, los moretones en sus mejillas y el cuello. Uno de los guardias, apodado el Topo, un hondureño habliche, fue el que empezó con los cuchicheos, que luego se volvieron burlas. Los demás lo siguieron, mientras Brenda estaba a una distancia que no los oyera, después se callaron.

—La Comandante ya pasó por las armas —gritó el Topo mientras hacía una seña con los dos brazos.

—Estuvo dura la friega que le puso el Jefe.

—¿Crees que fue él?

—¿Y quién más? Si por eso mandaron al Naza lejos de aquí.

Con ese sexto sentido que la caracterizaba, Brenda alcanzó a recoger una puntita de la conversación y sobre todo la chacota que delataban los movimientos corporales. Lo suficiente para detectar la insubordinación y falta de respeto. Estaba a punto de estallar en el momento, pero se contuvo, por lo que pasó de largo sin mirarlos. Después ella lo arreglaría a su modo, pensó. Esa mañana caminó y caminó tratando de esclarecer el rumbo que tomaría su vida. Lo primero era saber qué hacer con Roberto. Luego vendría el desquite, aunque ella lo llamó disciplina. Revisó su arma, ahora traía la Smith & Wesson con cañón de tres pulgadas, calibre .220, especial, pues la Beretta apodada *La Cariñosa* se la había llevado el Naza a Veracruz tan sólo para perderla.

Rodeó el rancho. Localizó al tipo más hablador entre los guardias a los que había sorprendido hablando mal de ella. Se fue acercando. Con la paciencia de un felino esperó a que el guardia se separara del grupo. Pasaron dos horas. "Tranquila, Brenda", se decía. La leona siguió esperando. Pasó otra hora más. Cuando el tipo se separó de su grupo, se le fue encima: le colocó el brazo alrededor del cuello con una fuerza medida para no dejar que la sangre llegara a su cabeza mientras le tapaba la boca. Después de unos segundos el Topo se desmayó.

Le colocó cinta de plomería en manos y en la boca. Brenda lo jaló hacia el lomerío donde la vegetación es más tupida, luego lo dejó rodar por la ladera hasta que se atoró en una zanja sin agua. Cuando el tipo despertó solamente lo "aflojó" con unos cuantos golpes. Le zafó los pantalones ante los bramidos apagados por la cinta pegada a su boca. Los ojos casi se le salían de sus órbitas. La saliva se le escapaba por la nariz, casi tanta como su miedo. Por la cabeza del Topo pasaron muchas posibilidades, desde que lo castraran, hasta que le metieran un cachazo en las bolas. Nunca esperó otra clase de castigo: Brenda lo volteó boca abajo con violencia y con un movimiento brusco le metió el cañón de la pistola Smith & Wesson en el recto, lo que provocó un espasmo en el pobre diablo acompañado de un pujido y de un hilo de sangre. Solamente se escuchó el tronido apagado de dos impactos de proyectil .22 en los intestinos, plomos que no se quedaron ahí sino que llegaron hasta los pulmones. El ruido ni siquiera fue suficiente para alertar a los guardias del rancho. Una hora más tarde sus compañeros lo echaron de menos. Alertaron de que faltaba uno de ellos. Después de tres horas de búsqueda en la que también participó Brenda lo fueron a encontrar tirado en una zanja, cubierto de hojas, sin cinta en ninguna parte de su cuerpo ni herida aparente. Estaba muerto. Lo único notorio era el terror en la mirada y los pantalones manchados de sangre.

Inmediatamente le avisaron a don Roberto, quien ordenó traer el cadáver. A primera vista no tenía lesiones graves, nada para matarlo. Pidió un médico y éste le dijo que el Topo había sido violado y que murió de un ataque al corazón por una impresión muy fuerte, pero que para estar seguro necesitaba mandar a hacer la autopsia a la capital. Don Roberto dijo que no, que ya tenía muchos problemas con el gobierno guatemalteco como para cargarle más piedras al costal. Por lo que dio la orden de que lo enterraran.

Entonces se desataron las leyendas. Por la región circulaban historias fantásticas, sobre todo de la Marota, una mujer fantasmal que salía al paso de los hombres en los caminos solitarios, de preferencia ya muy entrada la noche. Cuentan que aparecía muy guapa y que si el caminante iba medio achispado por el licor o de plano bolo —como les dicen a los borrachos por estas tierras— lo jalaba. El hombre que caía en sus brazos se ponía feliz al sentir su cuerpo de pechos y caderas generosas, anatomía que repasaba a dos manos, pero cuando llegaba por la entrepierna notaba que no había nada de lo que buscaba, sino un órgano masculino prominente, duro como un hueso. Los hombres rechazaban el encuentro, pero no se podían zafar de aquellos brazos de fuerza sobrenatural. Luego veían a la mujer que se iba poniendo pálida, después blanca, hasta quedar una calavera en vez de cara. Todo esto sin perder su sonrisa cínica, diabólica. Al tipo que caía en sus manos se le bajaba la borrachera, sudaba frío y le entraba una debilidad extrema. Intentaba escapar, pero ya era demasiado tarde. La Marota sólo se le quedaba viendo con sus ojos de otro mundo. Cuentan las leyendas que antes de fallecer eran penetrados. Y ahí quedaban en la tierra con los ojos llenos de espanto.

Por eso cuando la cocinera de don Roberto vio la cara del muerto que recién habían traído, buscó por todas partes hasta en el recto. Entonces dictaminó que la culpable era la Marota, la dueña de los caminos de la selva. Los hombres de don Roberto que eran indígenas de la región se alarmaron, comenzaron a rezar y a portar escapularios. Doña Chuy le regaló al Jefe "La Magnífica", oración que espanta a los aparecidos y demonios, para que la guardara en su camisa.

Exactamente una semana después, otro de los guardias desapareció y fue encontrado en un paraje solitario, tirado entre las raíces de una ceiba, igual que el otro: con los ojos desorbitados, las manos apretándose el vientre y las señales de un desgarramiento rectal.

Como las muertes siguieron y todas se relacionaban con los guardias, don Roberto mandó llamar a la Comandante. Pero ella se encabritó:

—Quiero saber cómo le haces, cómo los ejecutas.

Brenda se le quedó viendo, luego lo encaró:

—Deme una razón para que yo los tuviera que matar.

—Eso tú lo sabes.

—Con todo respeto, se equivoca don Roberto, si hubiera tenido algo contra ellos los habría matado enfrente de todos. No necesito esconderme.

—Pero es que la Rata dice que el primer muerto estaba hablando mal de ti un día antes que apareciera sin vida, que tal vez tú te enteraste y por eso... El segundo y el tercero también.

—Pues dígale a la Rata que no ande levantando falsos, ya se le olvidó que por hocicón le pusieron ese apodo.

—Sea lo que sea, no quiero que se repita. Te lo advierto.

Luego, para desconcertarlo, sabedora de que en las cuestiones sobrenaturales don Roberto —aunque aparentaba ser un escéptico— tenía su punto débil, le aconsejó:

—Dígale a su cocinera Chuy —bajó la voz— que no estaría de más que le ofreciera una misa y muchos rezos a la Marota. Qué tal si es cierto...

—Se lo diré... no te preocupes.

—Ah, por lo pronto no salga de noche, Jefe.

Roberto hizo una cara de fastidio y gritó:

—Ocúpate de lo tuyo y déjame en paz, que tú y la Marota me la pelan.

Al otro día, la Rata desapareció. Dicen que, tiempo después, unos campesinos fueron a encontrar el cadáver de un tipo que se parecía a la Rata, con su ropa y su cartera que traía una licencia de manejo de Colombia. Lo hallaron cerca de un pantano en la selva del Petén. "Fue la Marota otra vez", dijeron todos incluida la nana del Jefe. Por eso al día siguiente de este hallazgo en el rancho empezaron las misas por el descanso de la Marota. A las que acudió don Roberto y, por supuesto, Brenda.

Atentado

Estaba decidido: había que eliminar a la Comandante Brenda. Ya no podían seguir así las cosas. Don Roberto no era tonto, y para él estaba claro que los asesinatos de sus guardias habían sido obra de ella. Y que en un descuido el próximo muerto iba a ser él. Matarla no era un asunto fácil. Entre otras cosas porque la mujer siempre estaba un paso adelante y sabía cuál iba a ser la siguiente jugada de don Roberto. Entonces se entabló un duelo de inteligencias, tal vez el último y decisivo para cualquiera de los dos. El problema estribaba solamente en saber cuándo y quién iba a jalar primero del gatillo.

El pretexto se presentó muy pronto. La jugada del Jefe pretendió ser genial: mandaría a Brenda a la selva del Petén para cumplir la orden de matar al Profeta, luego, cuando regresara con el cadáver de Tomasito al rancho Las Moras, sus hombres la desarmarían y él personalmente le pondría varios balazos en su linda carita después de atormentarla un rato con toda clase de aparatos mecánicos y eléctricos. También mandaría a sus muchachos al templo del Profeta a decir que la Comandante Brenda había matado a Tomasito y que don Roberto había tenido que matar a esa Marota enloquecida. Más tarde iría al Naranjo, a La Antigua o a la misma capital de Guatemala a que le pintaran de negro la lágrima número 76 que faltaba. Decidió que sería la más grande. Colocada justamente debajo de la imagen de la muerte. Debía morir porque en su cielo no podía haber lugar para dos divinidades, la Santa Muerte y la Santa Brenda.

En la noche don Roberto Hart Ibánez entró a su altar secreto dedicado a la Niña y encendió un cirio negro.

Ese día, sin saberlo, la ex guerrillera iba a recorrer por última vez los caminos de la selva. Tenía una orden que cumplir. Iba sola como alma en pena por los senderos, tal como la Marota, la Xtabay, la Tatuana, la Patasola, la Siguanaba, la Llorona, la Descarnada... Temibles figuras del imaginario de los pobladores de estas tierras, quienes al terror lo pintan de mujer.

En un todoterreno aprovechó esos caminos construidos últimamente por don Roberto para hacer más fácil la conexión entre sus ranchos y la llegada de su mercancía a la frontera mexicana. Y aunque todavía faltaban muchos kilómetros de construcción, el camino fue suficiente para acercarla a su objetivo. Luego continuó a pie por senderos —cuando los había— que no llegaban al metro de ancho, bordeados de vegetación exuberante y custodiados por árboles gigantescos plagados de plantas trepadoras, monos saraguatos, perezosos y serpientes. Con un calor infernal recorrió las interminables plantaciones de cacao, respiró el aire perfumado de sus frutos colgados de los troncos. Pasó por entre laureles, sangrillos, almendros, higuerones. Respiró el aroma de los cedros, caobas y caobillas. Se detuvo a comer chico zapotes y mangos silvestres.

Llegó a lo más tupido de la vegetación donde el machete es más efectivo que cualquier otro invento humano. Observó a los pavones, guacamayas, loros cabeza azul y roja, y monos araña, que huían despavoridos por su presencia. Se topó con desfiladeros gigantescos de paredes cubiertas de helechos, en cuyo borde y terrazas se notaban abundantes plantas calateas, las que con los rayos del sol emitían un verdor de esmeraldas. Se refrescó en cascadas infinitas de las que solamente se veía su comienzo, pero de las que no se sabía su final porque se perdían allá muy abajo entre la niebla espesa de los barrancos.

Ella tampoco sabía su final. Estaba en desventaja. Brenda siempre tenía un plan en mente, pero esta vez no. Ahora improvisaría y eso la debilitaba frente a don Roberto, quien ya la había sentenciado a muerte. Entre otras cosas, aún no sabía si debía matar a Tomasito Aranda. Sus consideraciones no eran sentimentales ni amorosas, sino de orden práctico: qué beneficios le acarrearía matarlo y cuáles si lo dejaba vivo. De eso dependía la suerte del ladino chiapaneco. Había algo más: un asesinato lleva a otro, y para asegurar el secreto de la ejecución del Profeta también debería eliminar a Angie, de la que ya estaba olvidando su mirada y sus besos.

Caminó cerca de cuatro horas con descansos pequeños. Pasaría la noche en la selva, sola, y al otro día en la mañana estaría en el campamento guerrillero para hacer que se cumpliera el destino, el suyo y el de los demás.

Para soñar escogió un buen árbol, uno de ramas macizas, un higuerón de treinta metros de alto y cincuenta de envergadura. Trepó con agilidad de mono saraguato. Durmió bien, siempre con su AR 15 a la mano, una súper arma, precisa incluso a quinientos metros, potente, mortal. En esa oscuridad alcanzó a ver pasar allá abajo tapires, venados, jabalíes. Escuchó a lo lejos el rugido inconfundible del jaguar y el más agudo del ocelote. La madrugada la despertó por el intenso frío provocado por el rocío y la humedad que despedía la vegetación selvática que al ascender le estaba congelando la espalda.

Antes de llegar al campamento guerrillero pasó cerca del antiguo rancho Los Aluxes que fue propiedad de don Roberto y que ahora se veía en ruinas, en el que había estado hospedada unos cuantos días. El sendero o el destino la llevó al río en que por primera vez se bañó con Juan Crisóstomo Zurita Nazareno, antes de que su enfermedad del azúcar acabara con la magra felicidad que ella había logrado en la vida. Se paró en la roca donde aquella vez habían dejado sus ropas. Se lavó la cara, se mojó la cabellera, el pecho y el sexo. Luego, de su mochila sacó unos juguetes japoneses comprados en Guatemala y religiosamente los depositó en las rocas junto con unos dulces como una ofrenda. Cerró los ojos para guardar el momento que estaba viviendo, único e irrepetible, pidió perdón y se retiró ante la mirada de los aluxes que sólo ella percibió. Parecía que se estaba despidiendo de la vida. Al menos así pasó como un destello esta idea por su mente. Sin embargo, reaccionó: no, sacudió la cabeza, aún le quedaba mucho que recorrer. Maldita vida.

Con el sol ya alto llegó al campamento guerrillero. No era como antes. La entrada del Ejército los había dejado maltrechos. Saludó como siempre con mucho afecto al Comandante Mateo. Le explicó que quería llevarse a Tomasito y a Angie de ahí porque era inminente otro ataque a su guarida. El Comandante Mateo no lo creyó. Pero acató la decisión de Brenda.

Casi sin descansar, la Comandante ordenó que emprendieran el regreso. A Tomasito lo llevaría a su Iglesia cerca de Ocosingo donde estaría más seguro entre su gente.

—Don Roberto lo ha sentenciado a muerte, pero no se atreverá a atacar la Iglesia —le confió a Angie Drake, quien hizo cara de espanto.

—No puede ser, qué le ha hecho el Profeta —preguntó la texana.

—Es la locura del dinero. Tomasito ahora es su peor enemigo en el negocio —remató y ya no quiso decir más.

—Y tú cómo estás —insistió Angie en saber de Brenda.

—Como si trajera una pistola apuntándome a la cabeza.

Destino

Brenda estaba fastidiada. Durmieron en la selva sin ningún contacto sexual. Al día siguiente, casi entrada la noche llegaron al lugar donde la Comandante había dejado el vehículo todoterreno. Ella tomó su AR 15 y, con total sangre fría, de una ráfaga casi partió en dos al Profeta. Él no vio llegar la muerte, vaya, ni siquiera la presintió. Angie se puso como loca, empezó a gritar y a llorar. Pero ya nada podía hacer.

—¿Y a mí qué me va a pasar? —preguntaba a gritos.

—Nada. Cálmate.

Luego la Comandante le acarició el rostro mientras le decía:

—Sólo tienes dos opciones: venirte conmigo o quedarte aquí a esperar que las bandas de don Roberto te maten de la peor manera.

Pero Angie no se controlaba. Subió al todoterreno llorando, sin poderse contener. Una cachetada de Brenda la devolvió a la realidad. Acomodaron el cadáver del Profeta en el asiento del copiloto sujeto por el cinturón de seguridad. Brenda tenía que dejarlo en México en el rancho Las Moras de don Roberto y recoger varias cosas importantes que había en ese lugar.

La noche había caído. Antes de entrar al rancho le ordenó a Angie que se bajara, le dijo que debía caminar por un sendero paralelo a la propiedad, sin despegarse de la cerca, hasta llegar a un promontorio compuesto de cinco rocas basálticas como de tres metros de alto. Le dijo que ahí la esperara. Que la clave para su encuentro en la oscuridad era una frase de amor, cualquiera, la que se le ocurriera. Angie obedeció como autómata.

Brenda quitó el cinturón de seguridad al cadáver de Tomasito Aranda y aceleró el todoterreno llevando el AR 15 preparado cuyo cañón salía apenas por la ventanilla del chofer. Subió los vidrios blindados. Pasó por la vigilancia a gran velocidad. Aventó a Tomasito al camino. Y volvió a acelerar. De inmediato se escucharon los disparos dirigidos contra ella. Entonces supo que había empezado el baile. Manejó un kilómetro a toda velocidad. Llegó como poseída a la casa principal, derrapando. Dejó el vehículo con el motor encendido. Atravesó el patio a toda carrera sin soltar el AR 15. Entró a su habitación, recogió dos maletas, la de su dinero, las de las joyas y un portafolio del arquitecto Harris. Corrió hacia la parte de atrás de la casa ya con los guardias siguiéndole los pasos. En el patio trasero se acercó a un pozo artesanal. Se metió de un brinco. Movió un mecanismo ideado por Teodoro Harris y se abrió una parte del falso fondo. Aventó los tres objetos y bajó a toda prisa por una escalera de hierro. Desde adentro volvió a cerrar la compuerta. Los guardias no vieron en dónde se había metido la Comandante. Avisaron al Jefe que Brenda se había esfumado, que desapareció en el aire como sí ella fuera realmente la Marota.

Don Roberto les mentó la madre. Les gritó rabioso que no dijeran pendejadas. Brenda está en uno de sus escondites. Salió corriendo. Tomó su pistola Glock y la camioneta.

En el fondo del pozo artesanal la Comandante activó los mecanismos de seguridad, corrió por un túnel como de medio kilómetro apenas ventilado y sin iluminación. Fueron veinte minutos de correr entre las sombras, de caer y levantarse. No recordaba si don Roberto sabía de esta salida, pero era posible que sí se haya dado cuenta. En la guerra siempre hay que estar preparado para la opción catastrófica. Afuera, en el promontorio donde Brenda le había ordenado estar, Angie la esperaba alterada a causa de los disparos que había escuchado. Permanecía asustada también por el rugido de los animales salvajes y el reptar de las serpientes que tanto miedo le daban.

La noche había caído. Sólo una pálida claridad se colaba entre el follaje. La texana escuchó un crujir de ramas como a treinta metros de donde estaba, supuso que era Brenda. El corazón le latió fortísimo. Don Roberto caminaba por entre la vegetación, ya muy cerca del promontorio basáltico de cinco rocas. En esa penumbra casi no veía nada. Llevaba preparada la Glock. Adelante descubrió una sombra, una silueta que parecía de mujer. Apuntó el arma, pero la sombra desapareció entre los árboles. Adelantó unos pasos precavidos. Una voz le trajo el viento: "Soy tu amor, el único que has tenido". El Jefe se acercó extrañado. La silueta llevaba vestido y Brenda ese día andaba con pantalones. Entonces comenzó a imaginar que tal vez de verdad estaba ante una aparición fantasmal, ante la Marota. Pronto borró esa idea de su mente, pero antes de disparar apretó la oración de La Magnífica que guardaba en su camisa. Disparó uno, dos, tres tiros. Todos fallaron. La sombra femenina se había vuelto a perder entre la vegetación. El Jefe gritó a todo pulmón con el cuerpo bañado en un sudor frío, la garganta y el escroto engarrotados: "Marota, déjame en paz, maldita". Una debilidad extrema le acometió, lo mismo que un desfallecimiento que él achacó a causas que no eran de este mundo. ¿Era el diablo? Volvió a reprimir este pensamiento. Se repuso. Don Roberto estaba dando la pelea a sus miedos. Pero los miedos se multiplicaban: sabía todas las formas de matar a un hombre, pero a un espíritu, ¿cómo diantres? "Atrás, Marota", repitió tres veces. A la cuarta fue "bajado" de un culatazo de AR 15 dado por Brenda antes de que intentara otro disparo.

Don Roberto quedó ahí tirado con el cráneo abierto. Brenda gritó la clave. Angie se acercó gritando:

—¿Y por qué no lo matas de una vez? Mátalo. Mátalo.

—Espera —a don Roberto le ató manos y pies, pero dejó las ataduras un tanto flojas para que después de un tiempo se soltara.

—Mátalo, mátalo —volvió a gritar Angie en una mezcla de pánico y odio—. Estuvo a punto de ejecutarme el hijueputa.

—No, Angie. Nos echaríamos a todo el gobierno mexicano encima —le dio el arma de Roberto—. Son como una gran familia mafiosa. Mejor dejémoslo ahí... Que se muera cuando se le dé la gana. Tenemos como una hora para escapar antes de que él encuentre ayuda.

Pero entonces se arrepintió, retrocedió al ver el cuerpo derrotado, pero sin ponerle a la historia un punto final. Recordó que en los entrenamientos le decían, le exigían, no dejar cabos sueltos. Por eso, en uno de esos arranques que tenía y ante el olor de la sangre le zafó el pantalón y procedió de la misma forma que con tantos otros. Con furia y sadismo puso el dedo justiciero en el gatillo, pero se detuvo; lo volvió a poner y jaló con suavidad gozando cada milímetro recorrido; repitió la operación varias veces. Finalmente no pudo, retiró el arma, respiró hondo, y apuró a Angie Drake para que corriera.

Texas

Brenda Ituarte y Angie Drake llegaron a Veracruz después de haberle robado su jeep a un ganadero. Ahí rentaron un auto para ir a Tamaulipas. Pasaron la frontera norte como cualquier bracero, sin papeles y mediante sobornos, para no tener que reportar las joyas, las armas ni el dinero que llevaban.

En McAllen rentaron una Van de lujo. Angie que era originaria de aquel Estado americano y tenía licencia, manejó. Debían recorrer un largo camino muy al norte, pero antes tenían que hacer una parada. Pasaron Houston y llegaron a San Jacinto, un lugar muy bonito del que le había hablado mucho el arquitecto Teodoro Harris. Ahí, en un centro comercial, sin decirle nada a su acompañante, la Comandante se metió mientras la texana esperaba en el auto. Después de una hora, Angie miró hacia la puerta del establecimiento: entonces vio venir a una mujer bellísima, latina, ataviada con joyas en cuello, brazos y manos, con un vestido de diseñador, exclusivo, y zapatillas elegantes de tacón alto. Se dirigió a ella. Era la Marota. La Comandante Brenda venía cargando unos regalos.

—Vamos a Youpont Street, tengo que ver a la familia de un amigo. Está cerca del Houston Ship Channel —ordenó Brenda.

—¿Aquí en Texas tú tienes amistades? —contestó Angie sin salir del asombro ante la belleza de la mujer que estaba sentada a su lado. Parecía una modelo que hubiese saltado de la portada de una revista de modas.

Brenda no contestó porque le pareció una pregunta estúpida.

En el camino vieron el monumento de San Jacinto, una aguja de concreto, de gran tamaño que punzaba el cielo de tono Azul Dinamarca del Condado. Leyeron el texto enorme grabado en cemento que, como un libro abierto, mostraba la historia de San Jacinto, cuando la guerra contra México. Al llegar al número indicado, Angie estacionó el auto. Brenda bajó con parsimonia de reina. Como una princesa caminó con elegancia recordando los tiempos de Nicaragua cuando los Debayle eran soberanos. Llevaba el portafolio y unos regalos. Tocó a la puerta. Salió una señora de edad. En inglés le preguntó que a quién buscaba. Brenda contestó que a la familia Harris. Cuando le confirmaron que eran ellos, les dio las condolencias por la muerte del arquitecto. Al oír el nombre de su padre salieron también las hijas de Teodoro a saludar a la visita.

Sentada en el living con mucho garbo, con gran presencia, Brenda contó que Harris había muerto en un asalto en el camino de Guatemala cuando iba rumbo a la frontera con México. Entonces desplegó una historia fantástica de amor que le hubiese gustado haber vivido realmente: dijo que conoció a Teodoro en Guatemala y que se había enamorado de ese hombre extraordinario y que él también le correspondió en ese amor sincero.

En ese momento abrió el portafolio del arquitecto y enseñó las carpetas y fotos en las que Brenda estaba junto con Harris. La familia recordó muy bien el contenido de su correo en que Teodoro hablaba muy bien de ella como una mujer maravillosa, bella y con carácter. Brenda agregó que Harris le pidió matrimonio unos días antes de morir y que le había regalado un anillo de compromiso y un collar muy bonito y valioso, pero que ahora ella creía que era un acto de honestidad regresárselos a su familia junto con otros obsequios que le hizo, objetos que aliviarían sus dificultades económicas creadas por la muerte de Teodoro.

La familia de Harris comenzó a llorar. Las niñas llenaron de besos a Brenda. Y luego de resistirse un poco aceptaron los presentes. Ella besó a las niñas otra vez, las acarició, les contó que su padre era de un corazón muy noble y que sin él no estaría allí. Fue la única verdad que dijo esa vez. Luego salió de la casa.

Abordó el auto en el que Angie la esperaba. Suspiró profundo, con un dolor en el pecho. Estaba llorando por dentro. Miró hacia las mujeres que se despedían agitando las manos, sonrientes, arreboladas sus caras por un halo de ingenuidad y agradecimiento. Aquella hubiera podido ser su familia. Volvió a respirar profundo, cosa que Angie observó:

—¿Y por qué el sufrimiento, Brenda?

—El arquitecto Harris es el único hombre al que me ha dolido matar —contestó con la voz quebrada.

Iban muy al norte. Por el camino se deshicieron de muchas cosas. Dejaron los fusiles por ahí botados y sólo conservaron las pistolas. Brenda se quedó con la Glock .25 de cachas incrustadas de diamantes como recuerdo de que al menos una vez había derrotado a don Roberto.

Esta edición se imprimió en noviembre de 2013,
en Impreimagen, José Ma. Morelos y Pavón,
Mz. 5, Lote 1, Col. Nicolás Bravo,
Ecatepec, Estado de México.